PREMIO NACIONAL
a la mejor labor editorial
en literatura infantil y juvenil 1982

Gran Angular

Jordi Sierra i Fabra

Regreso a un lugar llamado Tierra

ediciones sm Joaquín Turina 39 28044 Madrid

Colección dirigida por **Emilio Ortega**

Primera edición: abril 1986
Segunda edición: agosto 1986
Tercera edición: junio 1988
Cuarta edición: mayo 1989
Quinta edición: mayo 1990

Fotografía de cubierta: *Yolanda Álvarez*
Diseño de cubierta: *Estudio SM*

Ediciones SM
Joaquín Turina, 39 - 28044 Madrid

Comercializa: CESMA, SA - Aguacate, 25 - 28044 Madrid

ISBN: 84-348-1846-9
Depósito legal: M-23135-1990
Fotocomposición: Grafilia, SL
Impreso en España/Printed in Spain
Imprenta SM - Joaquín Turina, 39 - 28044 Madrid

A Pepa de Lara, por existir.

Esta novela forma parte de la trilogía

EL CICLO DE LAS TIERRAS

Éstos son los títulos de las tres obras:

- ... EN UN LUGAR LLAMADO TIERRA
- REGRESO A UN LUGAR LLAMADO TIERRA
- EL TESTAMENTO DE UN LUGAR LLAMADO TIERRA

El mismo autor nos dice de la trilogía:

«Las tres obras pueden ser leídas independientemente, como ejercicios literarios simples, pero a su vez son indivisibles como un todo armónico.»

Fase previa: Historia

0

Lugar: Tierra 2.
Situación: Sistema Bisolar, Vía Andreia. Noveno cuadrante, vector 5, Galaxias de Nob. Universo.
Características: Planeta en evolución. Tierra, agua, aire. Elementos básicos primordiales. Composición primaria: hierro.
Formas de vida: Predominantes: Especie humana. Especie máquina.
Relativas: Fauna y flora desigual, en período de desarrollo.
Características de los tipos de vida predominantes:
Especie humana: Hombres y mujeres. Reproducción sexual.
Especie máquina: Diez clases diferenciadas según estructura social. Reproducción mediante procesos de fabricación y programas de información. (Toda máquina utiliza un nombre principal y dos cifras de complemento. La primera corresponde a su clase. La segunda es su número de orden en el distrito de su procedencia. En su estructura lleva impresa la letra inicial de su Comunidad y el número de registro e identificación.)

Clases: 1. Dirigentes
2. Cuerpo de Mandos.
3. Administración Social.
4. Personal Comunitario.
5. Mantenimiento.
6. Investigación y Ciencia.
7. Cuerpo Expedicionario Espacial.
8. Funcionarios.
9. Obreros.
10. Varios.

Sistema Social: Unidad de Comunidades.

Sistema Político: Democracia bajo la función elemental de la lógica, con un Consejo del Sistema y un Gabinete Central de la Unidad. La relación hombre-máquina se contempla desde la igualdad plena en la Constitución.

Comunidades: Existen 17 Comunidades en el Hemisferio Norte y 9 en el Hemisferio Sur. Capital: Ezebel.

Hemisferio Norte: Arequian.
Besaleb.
Cudzian.
Dussel.
Ezebel.
Famabir.
Gessaria.
Hizebal.
Iar.
Jorziram.
Kumiya.
Lebia.
Muzzequiar.
Naom.
Ohr.
Pudlizey.
Quor.

Hemisferio Sur: Ruaria.
Sensaia.
Turilem.
Uneba.
Vize.
Walze.
Xandaya.
Ybel.
Za.

Año: 9985 de la Nueva Era.
Situación actual: Proceso bélico.
....
....
....
XPQ85A-JSF-925.731.4
Procese nueva información en pantalla. Ampliación datos en módulo Al-5.
Anulación-corrección sistema básico.
Stop.
HGK225-8.2.76439-55.7
Fase interrumpida.
Fase interrumpida.
Fase interrumpida.
Fase
F
....
....
....

Fase 1: Investigación

1

TODOS AQUELLOS ASISTENTES que podían hacerlo se pusieron en pie al abrirse la puerta que comunicaba la sala de la audiencia con los despachos privados de los magistrados. La voz del alguacil anunció:

—Encuesta de tasación, Audiencia Preliminar. Preside el muy Honorable Juez Instructor Shadowur 1-72, actuando de complementos los muy Ilustres Dirigentes Xaon 1-560 y Baltur 1-301.

Todavía quedaban algunas grandes máquinas inmóviles, consolas fijas sin posibilidad de desplazamiento, supervivientes de otros tiempos y otra dimensión del progreso. El Honorable Shadowur 1-72, sin embargo, pertenecía a la última elite de máquinas reconvertidas, con un cuerpo móvil unido a distancia con la gran masa formada por sus ordenadores fijos. Gracias a ello, y desde hacía unos cien años, las clases 1, 2 y 3, es decir, Dirigentes, Cuerpo de Mandos y Administración Social, se desplazaban según su libre voluntad, agilizando su gestión. Shadowur 1-72 era un sistema operativo de máxima precisión, con forma humana. Su estatura no sobrepasaba el metro. Xaon 1-560 pertenecía a la moderna serie AM y flotaba inercialmente, lo mismo que una esfera en una cámara de vacío. La parte frontal estaba achatada y en ella presentaba un relieve de rostro con rasgos humanos, todavía una reliquia impuesta por la convivencia con los hombres, a pesar de que la Rebelión hubiera cambiado ya todo eso en la actualidad. Baltur 1-301 era una consola móvil que se desplazaba mediante rotación de su base.

Balhissay 1-15 miró a los tres.

Conocía a Xaon personalmente, y tenía referencias de Shadowur y Baltur. De todas formas, poco importaban las amistades o los conceptos de primitiva unidad en un caso como aquél. Una encuesta no era un juicio, pero se aproximaba. Las encuestas de tasación servían para delimitar grados de implicación y hasta de culpabilidad, en circunstancias y hechos que a estimación de la Clase Dirigente pudiesen ser posterior objeto de enjuiciamiento criminal. La única gran diferencia en aquel caso consistía en que el acusado de la vista preliminar era una máquina de la propia Clase Dirigente. Algo inaudito de no ser porque todo, en los actuales momentos, era posible, con la Rebelión a las puertas de Ezebel.

La primera vez que algo así sucedía en Tierra 2.

—Pueden sentarse —anunció el alguacil.

Las máquinas con aspecto humano, androides, robots y formaciones clónicas, tomaron de nuevo asiento en las superficies metálicas moldeadas según cada caso. El resto permaneció en la misma posición. En la primera fila, solitario, el cuerpo enorme y desproporcionado de Balhissay 1-15 destacaba sobre los demás. Se sentó con el mismo esfuerzo con el que se había levantado, produciendo un gemido en su soporte y un ruido sordo y multiplicado en algunas de sus articulaciones. Sus ecos se esparcieron hasta que el silencio recobró su carta de naturaleza como máximo factor de la solemnidad que presidía el acto.

Fue el fiscal general de Ezebel, Anezken 3-872, el que tomó la palabra inmediatamente. En realidad, su presencia no era necesaria, puesto que en la excepcionalidad del caso sólo los tres magistrados tenían facultad para interrogar a otro Dirigente. A pesar de ello, se mantenía el ritual protocolario. Dentro de la jurisdicción de Ezebel, la máxima figura jurídica era su fiscal, lo mismo que en el resto de Confederaciones lo eran los fiscales generales de cada una. Eran ellos y sus departamentos los que sentaban en el banquillo a los presuntos acusados.

—Este Ministerio Fiscal —dijo Anezken 3-872— renuncia a su función interrogadora en la Audiencia Preliminar de la Encuesta de tasación número 920 de esta jurisdicción.

Una renuncia natural, forzada por las circunstancias. Shadowur 1-72 movió la cabeza en señal de aceptación.

—Que conste así en el sumario de la vista —indicó.

Una máquina sensorial, que registraba en imagen y en sonido cuanto sucedía en la sala, emitió un destello luminoso, un haz de luz blanca.

—Por la autoridad que me ha sido conferida —anunció el Honorable Juez Instructor Shadowur 1-72—, declaro abierta esta Encuesta. Póngase en pie el acusado.

Balhissay 1-15 volvió a moverse con inaudita pesadez. Algunos de los asistentes hicieron funcionar sus circuitos, conectándose entre sí, en silencio o con signos audibles. La extrema edad de Balhissay, unido a su tamaño y al enorme prestigio atesorado a lo largo de más de 500 años de vida pública, seguía confiriendo a su imagen y a su aspecto el respeto y la leyenda que merecía. Muchos de los presentes, enlaces de información, cámaras de circuito cerrado, periodistas visuales que cumplían con su labor, lo mismo que altos cargos de la Administración Social, el Cuerpo de Mandos y no pocos Dirigentes, ni siquiera habían sido creados hacía 200 años, período de tiempo que delimitaba los hechos que iban a plantearse en la vista. Balhissay seguía siendo el símbolo de un gran poder. En sus microprocesadores, reproductores holográficos y bancos de memoria se hallaba almacenada gran parte de la moderna historia del planeta.

Era un símbolo.

Y ahora se enfrentaba, tal vez, a su ocaso.

—¿Está preparado, Balhissay? —preguntó Shadowur 1-72.

No se veían humanos en la sala. Apenas si quedaban

ya en Ezebel, y los pocos que quedaban huían noche tras noche ante la proximidad de los rebeldes. A pesar de ello se seguía utilizando el tratamiento, el respeto. Por deferencia con los hombres, antaño y siempre, para no herir su orgullo y salvo en caso de íntima amistad, hombres y máquinas utilizaban el *usted* en lugar del *tú*. La costumbre se mantenía. ¿Cómo reprogramar circuitos estabilizados y mantenidos así durante generaciones? Balhissay dejó que esta pregunta se expandiera por sus microcélulas.

—¿Está preparado, Balhissay? —repitió Shadowur.

—Sí, sí..., lo estoy, Señoría —manifestó despertando de su letargo.

—¿Desea que esta vista se celebre a puerta cerrada?

—No.

—En este caso...

—Pero sí desearía que el término *acusado* fuese modificado en favor del término *encausado* o bien *encuestado*.

Shadowur 1-72 miró primero a Balhissay 1-15 y después a la máquina sensorial que registraba el juicio.

—Hágase constar la propuesta y su aceptación por parte de este Tribunal —pronunció—. El encuestado se aproximará ahora al módulo de los testigos para su declaración.

Balhissay 1-15 avanzó por la sala en dirección al módulo. Por sus circuitos pasaron escenas y recuerdos de otro juicio, doscientos años antes. No pudo evitar la condensación de pensamientos y un ligero asomo de nostalgia que hizo palidecer las luces de sus fríos ojos luminosos. En la sala, los asistentes admiraron aquella masa extraordinaria de ordenadores y cables agrupados en torno al genio de una vida mantenida más allá de cualquier baremo científico. Balhissay era un modelo S, integrado por células microprocesales, una revolución en su día y de un costo de producción tan elevado que sólo pudieron alcanzarse un total de veinte unidades, de las cuales únicamente él sobrevivía. El conjunto, con aspecto humano, aunque gigantesco, estaba revestido por una capa de goma del color de la carne, imitando la piel humana. Con el tiempo, decenas de operaciones, intervenciones, adecuaciones y reciclajes habían cubierto aquel cuerpo de cicatrices y protuberancias que contribuyeron a aumentar su deformidad. En la actualidad era un organismo enfermo pero situado todavía al límite de su capacidad operativa, de su poder. La feroz expresión del rostro, con las luces de sus ojos variando constantemente, hacían de Balhissay el puente que en el pasado intentó unir sin éxito la máquina y el hombre.

Doscientos años después, un nuevo juicio.

Sólo que Hal Yakzuby ya no estaba allí.

Y todo era muy distinto.

Se dejó caer sobre el soporte del módulo, que al instante se moldeó según la presión de su cuerpo y de su peso, y esperó la llegada del alguacil con la Constitución en sus manos. Puso las suyas sobre las tablas y escuchó las palabras del funcionario.

—¿Jura decir la verdad, toda la verdad y nada más que la verdad, en cuanto aquí se le demande, por el Sistema y la Unidad?

—Juro —dijo Balhissay 1-15.

El alguacil se retiró y Shadowur 1-72 se dispuso a formular la primera pregunta.

2

—DIGA SU NOMBRE COMPLETO y su puesto de colectividad.

—Balhissay 1-15. Dirigente en el Gabinete Central de la Unidad de Comunidades y miembro del Consejo del Sistema.

—¿Fue siempre un Dirigente?

—No. Fui creado como parte de un programa de dotación de alta tecnología para el Cuerpo de Mandos. Durante más de la mitad de mi existencia fui Balhissay 2-15.

—¿Cuándo pasó a ser miembro de la elite de Dirigentes?

—Hace aproximadamente doscientos años.

—¿Tuvo algo que ver su elección con el juicio celebrado entonces al asistente de vuelo Djub Ehr, en la causa E-357 presidida por el Honorable Juez Orion 1-27?

—Fui promovido inmediatamente después de aquel juicio.

Un procesador de datos funcionó, dejando escuchar un quedo zumbido en el pecho de Shadowur 1-72. Más allá de la sala, en los despachos de los magistrados, la parte fija de su estructura coordinó el análisis de la información y lo reprocesó enviándolo, de nuevo, al cuerpo principal. El Honorable Juez Instructor se inclinó sobre la plancha de cristal endurecido que formaba el estrado, tras el cual presidían la vista él y sus dos colegas.

—Dado que esta vista se ha incoado en virtud de la situación presente, y por sospecha de negligencia en las funciones del encuestado en las actividades de su pasado, con especial relevancia en los hechos acaecidos en el juicio E-357 contra Djub Ehr Nort, este Tribunal solicita del mismo encuestado la revisión de aquellos hechos para su posterior análisis y examen. ¿Está dispuesto?

—Lo estoy —afirmó Balhissay 1-15.

—Puede entonces iniciar su relato —invitó el Honorable Juez Instructor.

Balhissay se concentró. Estaba preparado y, aunque no lo estuviese, poco habría importado, porque, además de su memoria perfectamente computarizada, los recuerdos de aquel juicio le habían acompañado a lo largo del tiempo, imborrables, perfectamente definidos en su elevada sensibilidad. ¿Cómo olvidar la Historia, parte de lo más singular vivido por él en su dilatada existencia? El juicio contra Djub Ehr Nort por la muerte del capitán Ludoz 7-521 no sólo le dio la oportunidad de luchar, bajo el código del honor, contra Hal Yakzuby, sino que le hizo alcanzar lo más importante, lo más esencial en la fría vida de una máquina. Algo sin un nombre válido y real, pero que muy bien podría llamarse *humanidad*... o la misma sensibilidad que le hizo llegar a ser Dirigente por el éxito de aquel caso y que obtuvo en su desarrollo.

El Honorable Juez Instructor y sus dos ayudantes esperaban. La sala contenía sus impulsos vitales y ningún engranaje o microcircuito se movía. La voz de Balhissay, que surgía como un rumor muy profundo, para establecer de inmediato en su núcleo vocal de células microprocesales una cortina sónica tan grave como estremecedora, comenzó a envolverlos a todos. Las luces empezaron a titilar en sus grandes ojos formados por millones de puntos que eran otras tantas cámaras de visión asistida. Y así, una suave coloración azulada flotó ante él en aquel inicio de su alocución.

—Hace doscientos años, la Unidad de Comunidades funcionaba perfectamente, bajo el lema de la paz, y tanto la Constitución como el Sistema, que nos protegía a todos, hombres y máquinas, aseguraban no sólo la subsistencia de esa paz sino su continuidad en el futuro. A pesar de ello, en algunos núcleos humanos se detectaba ya un fenómeno regresivo, natural en el hombre. Las máquinas trabajaban y hacían todas las funciones sociales de carácter esencial, permitiendo al hombre dedicarse al ocio, el placer, la investigación, el arte, el estudio y demás actividades recreativas. No todos los hombres valoraban esta libertad, y de la misma forma que primero agradecieron a las máquinas que salvasen la raza humana al producirse el Gran Holocausto en la Tierra, con el tiempo llegaron a sentirse esclavos de esas mismas máquinas. Fenómenos antisociales, como la violencia, rebrotaron, precisamente hace doscientos años, en torno al juicio de Djub Ehr Nort.

Xaon 1-560 dejó de flotar en el aire y se posó encima del cristal.

—En aquellos días yo era el jefe de la base de Ezebel 2, es decir, la base espacial de la ciudad de Ezebel.

También tenía a mi cargo otras actividades; entre ellas, mi responsabilidad alcanzaba a la Plataforma Espacial Ganímede, que se construía durante aquel tiempo —continuó Balhissay—. Dentro de mis funciones, yo había puesto en marcha un proyecto llamado, simplemente, Proyecto A. El Proyecto A tenía como meta final encontrar la Tierra, la primitiva casa de la especie humana, abandonada en el período del Gran Holocausto. Durante toda mi vida, éste fue posiblemente mi mayor empeño.

—¿Por qué? —preguntó Shadowur 1-72.

—Es difícil de explicar, Señoría. El hombre tuvo que huir de la Tierra a causa de la salvaje autodestrucción a que la sometió con la catástrofe nuclear. Hombres y máquinas buscaron un nuevo mundo y lo encontraron en este planeta al que llamamos Tierra 2; sin embargo..., durante milenios hemos sabido que, en algún lugar del infinito, la Tierra seguía esperándonos. El inmenso agujero negro que se tragó las naves de aquella huida y las puso en el confín del Cosmos podía estar todavía en el espacio, y devolvernos al mismo origen otra vez.

—Origen... del hombre —apuntó Baltur 1-301.

—Tal vez —razonó Balhissay con gravedad—, pero nosotros tenemos al hombre como origen, así que... ¿no es también nuestro propio origen?

—Una nave del Proyecto A, la Doble Delta A-795, pilotada por el capitán Ludoz 7-521 y el asistente de vuelo Djub Ehr Nort, encontró la Tierra, ¿no es así?

La interrupción del Honorable Juez Instructor Shadowur 1-72 tuvo el inequívoco don de la precipitación. A pesar de su alto cargo como magistrado, Balhissay percibió en él la hostilidad de las máquinas jóvenes, para las cuales la rebelión de los hombres no era sino el signo de la debilidad de sus antepasados.

—En efecto, el capitán Ludoz encontró la Tierra —siguió Balhissay— y, cuando regresaba a la base, me lo comunicó por radio. Ante mi asombro, Ludoz hizo algo más: no quiso darme las coordenadas interestelares y formuló el expreso deseo de que se abandonase el Proyecto A. Ante mi negativa, cortó la comunicación y... se desconectó. Posiblemente hubiese destrozado la Doble Delta de no acompañarle en el viaje el asistente de vuelo Ehr. La encaminó directamente hacia Tierra 2 y así le salvó la vida a Ehr. Cuando la plataforma Ganímede recogió la nave, Ludoz estaba muerto y el asistente de vuelo en su cápsula de sueño letárgico, de la que no se movió en todo el viaje.

—¿Por qué viajaban humanos en las expediciones al Espacio Exterior?

—Por acuerdo del Centro de Control, para no discriminar a los seres humanos. Los hombres viajaban dormidos hasta llegar al objetivo y entonces el oficial al mando los despertaba. La razón legal era que el hombre participase en la parte vital de la expedición. En el caso del Proyecto A no hubiera deseado enviar seres humanos, pero ello habría despertado las sospechas del Centro de Control. La búsqueda de la Tierra estaba considerada como alto secreto.

—¿Por qué?

—Vivíamos en paz, felices. La sola idea, por parte de la raza humana, de que existiera una utópica posibilidad de encontrar la Tierra, los habría puesto nerviosos. Lo importante era dar con el planeta y después... tratar de encontrar en él los efectos residuales del Gran Holocausto. La razón tiempo-espacio podía haber actuado en un sentido o en otro.

—¿Por qué no quiso el capitán Ludoz revelar el emplazamiento de la Tierra?

—Lo ignoro, Señoría. Murió sin hacerlo y se llevó su secreto con él. Se desconectó a sí mismo y desconectó la memoria de la nave.

—Si usted sabía que el asistente de vuelo Ehr era inocente, ¿qué razón le llevó a guardar silencio y autorizar el juicio por asesinato?

Era la parte crucial de la cuestión y Balhissay lo sabía. De lo que dijese en aquel momento dependía su futuro... aunque eso no le importase ya demasiado.

¿O sí?

—Por lógica, una máquina no podía suicidarse. ¿Cómo justificar ese suicidio? Ninguna máquina está programada para la autodestrucción. Reconocer esa debilidad casi humana era colocarnos en un punto muy delicado en relación al descontento de los seres humanos por su situación. Por otra parte, lo esencial seguía siendo preservar la búsqueda de la Tierra, ¿y cómo hablar de Ludoz y de su acción sin decir que había encontrado el planeta perdido? Los hombres se nos hubiesen echado encima. Tuve que sacrificar a Djub Ehr, confiando que fuese declarado culpable, con el fin de salvar todo el plan y algo más: la unidad hombre-máquina.

—Se equivocó.

—No me equivoqué —objetó Balhissay 1-15—. La Rebelión tardó 160 años en producirse. No creo que yo fracasase. Siete generaciones de seres humanos se reprodujeron en ese tiempo, y en los cuarenta años que llevamos de luchas, otras dos han relevado a aquéllas. Lo que sucedió fue que del juicio contra Djub Ehr surgió un líder: Hal Yakzuby.

—¿Cómo averiguó Yakzuby la verdad, y por qué pactó con él?

—Hal Yakzuby era uno de los científicos más reputados de Tierra 2, y un gran hombre. Él y su hijo Gidd, que prestaba servicio en la Plataforma Espacial Ganimede, dieron con la verdad. Pero Yakzuby comprendió la importancia de lo sucedido y obró inteligentemente: me propuso un pacto. Si yo liberaba a Djub Ehr y atribuía la muerte de Ludoz a un virus espacial, él no diría que Ludoz encontró la Tierra. No tuve más remedio que sellar ese pacto.

—Dándole la victoria a Hal Yakzuby —apuntó Xaon 1-560—, que desde entonces se convirtió en el primer héroe humano, por haberse enfrentado a las máquinas.

—Es muy discutible si le di la victoria o se la mereció él. Aún pienso que procedió de forma astuta, y que se ganó su éxito. Además, cumplió su palabra. Nunca dijo lo que sabía, y murió con ese secreto en su corazón..., aunque yo ayudé a que los últimos años de su vida fueran silenciosos y casi le aislé del exterior. Hal Yakzuby jamás se sintió cómodo con su victoria, ni quiso ser un héroe. Fue la voluntad popular la que le convirtió en tal, necesitada de líderes en quien creer. Después su hijo Gidd tomó esa bandera y...

—Y hoy, un descendiente de Hal Yakzuby es el jefe de la Rebelión, de la misma forma que hace cuarenta años otro descendiente, el padre del actual líder, la impulsó. ¿Qué piensa de ello, Balhissay?

Los ojos desparramaron un haz de luces amarillas.

—No tenemos control sobre la Historia.

Shadowur 1-72 ignoró esta observación.

—Pero si Djub Ehr Nort hubiese sido declarado culpable, como la lógica indicaba, Hal Yakzuby no se habría convertido en héroe, y muy posiblemente, sin ese héroe al que incluso se le levantaron estatuas, la Rebelión no se habría producido.

Los ojos de Balhissay dejaron de brillar.

—¿Y qué tenía que hacer con Hal Yakzuby? —dijo—, ¿matarle?

3

LA PREGUNTA DEL ENCUESTADO dejó como alelados a los magistrados.

Xaon volvió a levantarse, ingrávidamente, unos centímetros. Baltur emitió un tenso bip-bip de protesta. Shadowur 1-72 generó una corriente energética que vibró alrededor de la antena principal, situada en la frente de su estructura metálica. Fue el Honorable Juez Instructor el que contestó a Balhissay.

—Sabe perfectamente que la violencia no forma parte de nuestro código, y que por esta misma razón la situación se ha vuelto peligrosamente complicada para las máquinas. Hemos logrado defendernos, pero todavía somos incapaces de atacar. Estamos programadas para la vida.

—En este caso comprenderá, Señoría, por qué jamás pensé en causarle daño a Hal Yakzuby. Es más, en aquellas circunstancias, con la crispación del juicio, si a él le hubiese llegado a suceder cualquier cosa..., aunque fuese un accidente fortuito, estoy seguro de que la raza humana no habría esperado 160 años para llegar a la Rebelión. Las cosas son distintas hoy —el tono de Balhissay se hizo más reflexivo, más profundo—, como lo eran también entonces. Es muy difícil valorar la Historia doscientos años después..., aunque el principal testigo de aquella historia, tal y como es mi caso, siga con vida.

—¿Admite que hubo una negligencia en el tratamiento de aquella información?

—No.

—¿Cómo supo Hal Yakzuby que la Doble Delta A-795 encontró la Tierra? Usted no ha contestado antes a esta pregunta —reiteró Baltur 1-301.

—Nosotras actuamos con lógica —dijo Balhissay—. Por lo que pude saber después, Hal Yakzuby antepuso su inteligencia humana a esa lógica. Las pertenencias del capitán Ludoz fueron destruidas, pero el informe con el detalle de las mismas fue descubierto por su hijo, Gidd Yakzuby. Entre esas pertenencias se incluía un tipo de vegetal absolutamente desconocido en nuestra Tierra 2, y que Hal Yakzuby dedujo que procedía de la primitiva Tierra original, en la que la Doble Delta llegó a posarse.

—¿No constituye esto una grave negligencia?

Ahora las luces de los ojos destilaron una súbita cascada de colores rojos. La voz de Balhissay se endureció.

—Señoría —dijo la vieja máquina de más de 500 años de edad—, es posible que nuestro mal, como dicen los jóvenes, sea no haber aprendido lo más elemental de la raza humana: la violencia. Pero yo pienso que nuestro mal radica, sobre todo, en la pobre o nula capacidad de reacción que tenemos ante las adversidades. Después de miles de años seguimos buscando una lógica en todo, una razón..., un culpable. Miramos hacia atrás y tratamos de programar o establecer una norma de futuro, sin tener en cuenta que ahora, frente a nosotros, no hay otras máquinas, sino seres humanos, inteligentes, los hijos históricos de aquellos que, hace miles y miles de años, nos crearon a nosotras. ¿Negligencia? —Balhissay se estremeció y un curioso sonido en forma de descarga intermedia se expandió por su cuadro sensor. Algunas máquinas con cámaras de circuito cerrado y enlaces de información captaron su inhabitual imagen riendo, para incluirla en los boletines de noticias que emitirían los visores más tarde—. No, desde luego que no. La única negligencia proviene de nosotras mismas, por ser demasiado lógicas, por ignorar la imaginación, que es aquello con lo que nos están ganando los humanos, a pesar de que nosotras teníamos el control total de nuestro mundo. Este mismo juicio no es más que una pérdida de tiempo inadmisible...

—¡Balhissay 1-15! —elevó su voz Shadowur 1-72—. ¡Se le prohíbe que emita conclusiones de este cariz y que se dirija al Tribunal...!

Balhissay no le hizo caso.

—... No vamos a encontrar respuestas, ni soluciones, preguntándonos qué sucedió hace doscientos años, sino preguntándonos qué podemos hacer ahora y qué vamos a hacer si no queremos ser barridos por los seres humanos...

—¡Balhissay 1-15! —repitió el Honorable Juez Instructor sin lograr hacer callar al encuestado.

—¿Quieren lógica? —gritó éste, haciendo brillar al máximo las luces rojas de sus ojos—. La lógica nos dice que los errores del pasado suelen revertir tarde o temprano en el presente o el futuro. Pues bien, si hubo un error hace doscientos años, ahora nos enfrentamos a él; pero si cometemos ahora un error, no sólo es posible que se nos vuelva contra nosotros en un nuevo futuro sino que tal vez ni siquiera alcancemos a ver ese futuro. ¡Los hombres están a las puertas de Ezebel! ¿Qué hacemos aquí?

El tercer conminamiento de Shadowur 1-72 coincidió con el fin del estallido de Balhissay. El cuerpo deforme del anciano dirigente temblaba en algunos de sus puntos en forma convulsa por la descarga de energía y el consumo interno de reservas. Las luces de los ojos se apagaron gradualmente, hasta quedar orladas de un tono violáceo, tan oscuro como la sensación de agitada tensión que envolvía ahora el Tribunal y la misma sala.

Baltur 1-301 había enmudecido y Xaon 1-560 no ocultaba el estupor en su rostro de caracteres humanos cincelado en la cara achatada de su esfera de metal.

—Este Tribunal... —dijo Shadowur con marcada paciencia— tiene en cuenta el grado de tensión que nos asola ante los tristes momentos por los que atravesamos, así como la importancia y el rango del encuestado. Sin embargo —el tono se hizo más duro—, no volverá a tolerar un quebrantamiento de las normas ni del procedimiento legal que, precisamente por este rango, el encuestado debería ser el primero en conocer, comprender y acatar.

Balhissay 1-15 no se movió.

—¿Cree poder continuar con la vista?— preguntó el Honorable Juez Instructor.

Balhissay 1-15 no respondió. Los tiempos eran distintos. Todo era distinto. Nada iba a hacerles cambiar. Tal vez llegasen a condenarle por negligencia. ¿Modificaría esta circunstancia la situación? No, desde luego que no. Si la modificase..., si se obtuviese un simple bien o una ligera mejoría en el curso de los acontecimientos, no le importaría un veredicto de culpabilidad Lo triste era lo eterno del problema: la constante pérdida de tiempo. Las máquinas habían alcanzado la perfección, pero no hasta el límite de garantizar lo esencial: la supervivencia.

—¿Balhissay? —preguntó Shadowur 1-72.

—Puedo seguir —dijo el encuestado recobrándose—, y pido disculpas a este Tribunal por mi exaltación.

Anezken 3-872, el Fiscal General de la Comunidad, le miró con dureza. Tenía ambiciones importantes. De haber podido llevar el caso, estaba casi seguro de haber dado un gran salto hacia su elevación a la categoría 2, la del Cuerpo de Mandos. Balhissay captó su animadversión, y lo mismo la de la mayoría de los presentes en la sala. Si alguno le perdonaba el pasado..., lo que desde luego no le perdonaba era su edad, haber vivido lo bastante para llegar al presente.

—¿Se siguen enviando naves Doble Delta al Espacio Exterior como parte del Proyecto A o de cualquier otro proyecto que tenga como fin el hallazgo del planeta Tierra?

La pregunta hizo que Balhissay 1-15 se moviera, y también que, sorprendido, mirara de soslayo a los tres jueces.

—En primer lugar —respondió—, apenas si tenemos naves después de los últimos éxitos de la raza humana y la captura de las Plataformas Espaciales. Las pocas de que disponemos se necesitan como enlaces con las Comunidades que todavía resisten, y para el suministro de esencias que permiten el funcionamiento de nuestras ciudades. Pero, en segundo lugar..., toda idea de encontrar la Tierra se abandonó al estallar la Rebelión hace cuarenta años.

—¿Por qué?

—¿De qué habría servido esa información en plena guerra?

—El Tribunal le recuerda que está prohibida esta expresión —objetó Baltur.

—¿Accedería a ser investigado por un detector de circuitos, Balhissay?

Los humanos lo llamaban *detector de mentiras*. Desde que las tres clases superiores, de las diez que formaban el escalafón de las máquinas, habían asimilado la mentira como parte de su evolución, la vida en las Comunidades cambió por completo. Fue un gran salto. Unos decían que hacia adelante, otros aseguraban que se trataba de la primera de las taras humanas *aprovechadas* por las máquinas en su beneficio; algunos veían en ello un empobrecimiento de la función lógica para la que fueron creadas. En la lucha de los seres humanos por el mantenimiento de su libertad, y la de las máquinas por acercarse a su creador, la mentira y sus aliados eran tanto un puente que los unía como un abismo que los separaba. Pero así había sido en los últimos diez milenios, y ya nadie iba a retroceder.

Balhissay consideró la pregunta de Shadowur. Su rango de Dirigente tenía sus privilegios; sin embargo, ampararse en ellos no le beneficiaría. Alguien podía pensar..., y con razón, que tenía algo que ocultar. Algunas máquinas todavía mentían mediante un gran esfuerzo de procesamiento, y se notaba en sus reacciones. Él, en cambio, superó ese contratiempo mucho antes. Fue precisamente Hal Yakzuby, en una de sus entrevistas finales, el que le reveló que podía intuir cuándo mentía y cuándo no. Todavía aprendió mucho de aquel hombre extraño.

Pero un detector de circuitos, en las actuales circunstancias...

—No tendría ningún inconveniente en someterme a ello, por supuesto —accedió Balhissay 1-15—, ya que no tengo nada que ocultar. Lamentablemente, mi salud no es del todo satisfactoria y puedo probar con testimonios médicos y cualquier tipo de examen realizado aquí mismo que una alteración interna de energía podría causarme la desactivación y, con ello, irreversiblemente, la muerte.

Shadowur, Xaon y Baltur se miraron entre sí. La propuesta no dejaba de ser denigrante para un Dirigente. Hubieran acudido a la *necesidad histórica* y a la *situación de emergencia* creada por la Rebelión, en el caso de que Balhissay se hubiese amparado en su privilegio o considerase humillante ser sometido al detector. En lo que no pensaron fue en aquella excusa legal.

Balhissay sostuvo sus miradas finales sin alterarse. La luz de sus ojos continuó siendo tan blanca como transparente.

—Desde hace cien años —expuso de pronto el Honorable Juez Instructor—, el individualismo se considera una lacra social y una muestra de inequívoco egoísmo dentro del bien colectivo de la Unidad. Lo mismo que la duda, el individualismo genera distorsiones insalvables.

Son lacras humanas a las que las máquinas hemos tenido acceso, formando en ocasiones una denigrante cadena de perjuicios que han socavado el Sistema. ¿Es usted individualista, Balhissay?

No tenía por qué contestar, e incluso podía mentir, pero no quiso. Pensó en Hal Yakzuby una vez más. De los amigos se recibía solidaridad. De los enemigos o rivales se aprendía a vivir, la enseñanza directa de la supervivencia. Yakzuby murió siendo su más enconado rival a la par que un amigo, a la vez muy cercano y distante. Los dos se respetaron demasiado.

Y si algo admiró siempre, siempre, Balhissay 1-15, fue el maravilloso individualismo de Hal Yakzuby.

¿Lacra social?

La misma vida era un impulso individual.

—Considero el individualismo como un rasgo muy humano, uno de los mejores y de los que más los diferencian entre sí. Si este Tribunal me considera individualista, me congratulo de ello. Si lo soy, no me arrepiento de serlo.

No era un desafío. Al menos no pretendía serlo. La reacción del Honorable Juez Instructor Shadowur 1-72 no dejó, sin embargo, lugar a dudas sobre su estado de ánimo microcelular.

En el momento de ponerse en pie, violentamente iluminado en su corta envergadura, Balhissay 1-15 supo que por aquel día la vista tocaba a su fin.

4

EZEBEL SEGUÍA SIENDO la más hermosa ciudad de los dos hemisferios, la capital de un mundo y el centro latente del universo conocido.

Al menos, de *su* universo.

Desde la alta torre que presidía y dominaba la ciudad, en su mismo centro geográfico, Balhissay contempló con emoción la belleza de aquel conjunto fríamente armónico. Emoción. Ésa era la verdad. Sus circuitos se aceleraban movidos por impulsos que ni siquiera él podía controlar. A los humanos les latía con mayor velocidad aquella válvula llamada corazón. Con los años, los siglos de relación y convivencia, las máquinas habían alcanzado esa cualidad, necesaria para cumplir funciones por encima de los programas y de la eterna lógica. Siempre ella.

Emoción.

La cualidad por excelencia, y la antesala de lo más preciado: la sensibilidad.

«No sólo eres viejo, sino que te haces viejo» murmuró para sí mismo.

Frente a sus ojos se alzaba el perfil de un mundo en peligro, y esa razón absurda le dolía. Ezebel era un símbolo, algo más que la capital de la Unidad de Comunidades. Sus anchas avenidas surcadas por las cintas transportadoras bullían por la actividad cotidiana. Los altos edificios del centro, tanto como los más bajos de la periferia, allá donde la cúpula de protección declinaba hacia el suelo, revelaban el reto de siglos y siglos de progreso. Hierro, plástico, cristal, nuevos materiales surgidos de la investigación. Todo latía con vida propia.

Todo tenía un sentido.

Menos la guerra.

—¡Oh, sí! —recordó—. No quieren que se emplee esa palabra. La temen. Prefieren hablar de *revuelta,* de *rebelión.*

¿Acaso no era una guerra civil, una lucha entre hermanos? Hombres y máquinas. La Constitución, todavía vigente, decía en su primer artículo: *El hombre y la máquina son iguales ante la Constitución de la Unidad.* Sí, hombres y máquinas, juntos, unidos, salvados del Gran Holocausto en la Tierra y capaces de formar un nuevo horizonte, una nueva esperanza y un nuevo mundo en aquel planeta muerto.

¿Por qué todo aquello en lo que creyeron durante milenios había muerto?

¿Por qué lo dejaron morir?

Y lo más importante: ¿quién dio el primer paso?

Más allá de la cúpula y de la zona vegetal que rodeaba el perímetro de Ezebel, con sus flores gigantes y su espesura de colores agrestes, el desierto se extendía hacia el océano, la zona prohibida para las máquinas. De no ser por la cúpula que los protegía de la lluvia, los hombres ya habrían destruido la ciudad, como hicieron con las nueve comunidades del hemisferio sur, sin protección por no existir allí el peligro de las lluvias. La cúpula impedía, además, el ataque de las naves.

Su memoria situó en la pantalla de su ordenador central las imágenes de aquellas ciudades en el hemisferio sur: Sensaia, arrasada por el primer bombardeo de la historia de Tierra 2; Uneba, conquistada por una rebelión interna de los seres humanos; Xandaya, destruida por el agua y convertida en una ciudad muerta, oxidándose al intermitente calor de los dos soles que la iluminaban. También algunas ciudades del hemisferio norte habían sucumbido por el asalto de las tropas rebeldes: la monumental Arequian, primera colonia establecida en Tierra 2 cuando llegaron los fugitivos de la Tierra y decidieron olvidar lo inútil de sus rencillas; la pequeña Besaleb, la más diminuta de las capitales comunitarias; la impresionante Gessaria y la científica Quor. Si la guerra..., la *revuelta,* se detuviese en aquel momento, pasarían siglos antes de que la memoria colectiva lograse olvidar tanto daño.

Pero no se detenía; muy al contrario: seguía... y avanzaba. Después de cuarenta años de luchas, los hombres, finalmente, tomaron la gran decisión.

Ezebel.

La clave, la capital, el corazón del Sistema.

Balhissay 1-15 contempló la gran avenida de la Libertad, a mil metros bajo sus pies, cruzando la ciudad en diagonal. Desde aquella altura apenas si podía ver los puntos formados por las máquinas más grandes y los segmentos de color que se cruzaban y entrecruzaban a distintos niveles, las cintas transportadoras que facilitaban los desplazamientos y que constituían la retícula más viva y palpitante de la red de comunicaciones. Ya no quedaban hombres. Los pocos que permanecían en sus puestos era porque renegaban de su especie y colaboraban con las máquinas o lo hacían por egoísmos personales o causas materiales. Balhissay los echaba en falta.

Los hombres, una especie curiosa, extraña. ¿Cómo podía echarlos en falta? Iban de un lado a otro corriendo, se movían por efecto de impulsos nerviosos, tenían que ingerir alimentos para vivir, eran... imprevisibles, desconcertantes, variables, cambiantes... Un día sonreían y al siguiente aparecían molestos por cualquier nimiedad. Su mente era el recinto más extraordinario del Cosmos y sin embargo... apenas si sabían utilizar una pequeña parte de la misma. La raza humana, poniéndose a sí misma piedras en el camino para tropezar una y otra vez con ellas. El único ser vivo del universo capaz de destruirse a sí mismo.

Y también el creador de la primera máquina.

Ahora luchaban contra los descendientes de esa primera máquina. Primero se esforzaron en hacer mayor número de máquinas y cada vez mejores; las siguieron perfeccionando, las colocaron en posiciones relevantes, les dieron poder, mando..., facultad de decisión. Se habituaron a ellas. Más aún, no supieron vivir sin ellas. Y cuanto más comenzaron a temerlas, más crearon, sin saber prescindir de su ayuda. Máquina, máquinas..., comodidad, un nuevo mundo, progreso, futuro.

Y con el tiempo, la paz y la libertad.

Allí, en Tierra 2, el planeta perfecto, posiblemente... el paraíso.

Aquellos mismos hombres y mujeres luchaban ahora reivindicando su pasado, viviendo en cuevas o en cabañas construidas en el desierto, en aldeas levantadas junto al mar o en los restos muertos de las ciudades conquistadas, trabajando una tierra estéril que les daba apenas nada, buscando en los océanos o cazando las bestias salvajes que, en pequeño número y producto de complejas mutaciones naturales desde la llegada al nuevo mundo, corrían por las montañas peladas, tan rojas como la misma sangre humana.

Hombres contra máquinas.

¿Por qué? ¿Por qué?... ¿Por qué?

Y él, Balhissay 1-15, Dirigente y en la actualidad presunto culpable de la crisis, rival y amigo del legendario Hal Yakzuby, los echaba en falta.

Sus células microprocesales volvieron a emitir aquel curioso cloqueo, a modo de espasmo intermitente, tan poco natural en la mayoría de las máquinas, y que despertó expectación en la vista de su causa. ¿Por qué las máquinas no podían reír? Cierto que tampoco podían llorar, pero... los hombres eran felices cuando reían.

—Todavía teníamos tanto que aprender de ellos —exclamó.

Una máquina era una máquina. Ilimitadamente limitada. En cambio, los seres humanos eran... infinitos. Tenían tantos pensamientos como estrellas hay en el Cosmos y todos distintos. Podían hacer cualquier cosa, en el momento más inesperado y de la forma más absurda. Era esa capacidad de improvisación y desconcierto lo que siempre le había maravillado..., bueno, por lo menos después del juicio contra Djub Ehr Nort y antes de la Rebelión, porque al comienzo de su existencia, en los primeros 300 años de vida, él también tuvo la soberbia de creerse superior, por ser una máquina casi perfecta.

¿Era ésa la razón? ¿Luchaba el hombre contra la perfección? ¿No mataron ellos mismos, en su Historia Antigua, a alguien llamado Jesucristo? Sí, posiblemente el hombre, en su constante afán de destruirse a sí mismo, temiera más a lo desconocido que a la verdad.

Un miedo irracional, producto de una constante insatisfacción. Los seres humanos jamás estaban satisfechos de nada. Querían lo que no tenían o anhelaban siempre estar en otra parte. Perseguían un sueño y si lo conseguían lo olvidaban para buscar otro.

Los sueños.

Una vez se enlazó con la mente de un hombre mediante un puente de energía movido por ondas Alfa, y soñó con él.

Fue su primer auténtico y gran viaje al infinito. Toda la historia de la humanidad estaba allí, almacenada, inmensa, incontrolable. Todo el saber humano. Millones de respuestas apareciendo y desapareciendo con la fugacidad de la luz. De haber podido, hubiera deseado convertirse él mismo en un sueño y quedarse allí. Y era un solo hombre, una sola mente. ¿Qué no habría en la de cada uno de tantos miles, en el pasado, en el presente... y en el futuro?

El futuro.

Si los hombres no destruían las máquinas, tal vez las máquinas acabasen aprendiendo cómo destruirlos a ellos, y entonces...

En uno u otro sentido se habría consumado el mayor crimen del Universo.

El fin de una especie... viva.

Balhissay contempló sus manos cubiertas con goma bajo la cual vibraban y se movían millones de circuitos y articulaciones. Una vez admiró las manos de Hal Yakzuby, porque en ellas se almacenaban las arrugas profundamente impresas en la piel a lo largo de su existencia. Eran las manos de un ser natural, de carne y hueso..., y se sintió artificial. Una curiosa reacción producto de una asociación inversa de ideas. Ahora, en cambio, tenía sus propias arrugas. La goma estaba vieja. Los surcos se abrían en todas direcciones y hasta en algunos puntos la capa protectora era tan débil que, pese al grosor primitivo de la misma, ésta era casi transparente y permitía ver lo que encerraba, las células táctiles de los dedos o los puntos de presión que permitían ejercer fuerza en cada uno de ellos por mediación de microscópicos generadores de energía nuclear condensada.

Sí, sus manos también eran casi humanas.

«Has vivido demasiado —se dijo—. Olvidas la lógica».

Podía ser la clave. Medio milenio de vida era suficiente para olvidar. Su cuerpo, sus circuitos y sus millones de ordenadores eran demasiado complicados para obedecer a la lógica, que era la base de todo concepto. Sus ideas solían perderse por algún conducto, chocar contra otras y perderse, o reaparecer muy distintas a como habían sido obtenidas. Sin olvidar a Hal Yakzuby.

Hablaba con él, le reproducía holográficamente, se preguntaba cómo habría actuado en tal situación o qué habría dicho de tal otra. ¿Era eso lógico? Sabía que no.

Pero ¿qué lo era en aquella crisis?

La guerra civil..., la revuelta de los seres humanos, no podía durar ya mucho. Se acercaba el fin, y con él...

—Los hombres suelen preguntarse qué hay más allá de la vida, qué les espera tras la muerte. No lo saben, y tienen miedo. Quizá sea hora de preguntárnoslo nosotras.

La puerta de los dos soles era hermosa, arrancaba colores suaves del desierto y los reflejaba en las desafiantes construcciones que brotaban del suelo de Ezebel. Balhissay 1-15 desconectó sus ojos y una negrura absoluta le cubrió.

La pregunta continuó flotando en su ordenador central, recorrió sus bancos de datos, estremeció sus células microprocesales... y en ninguna parte obtuvo respuesta.

Vacío. Nada.

—No hay datos computables. Falta de información —dijo una voz insonora en alguna parte del módulo formado por su cabeza—. El término carece de lógica. Repito...

5

LA PARED SE VOLVIÓ TRANSLÚCIDA y al otro lado apareció Nat 6-2539. Balhissay envió una señal, sin moverse, al pequeño control ubicado en la puerta. Al tiempo que la pared recobraba su color opaco, ésta se abrió e hizo algo más: comprimió la propia pared hacia los lados y hacia arriba para agrandarse y permitir el paso del Procesador Médico. La máquina traspuso el umbral lentamente, haciendo girar las dos esferas que, a modo de piernas y sin articulaciones, le servían de medio de transporte.

—¡Balhissay! —dijo con alegría al ver a su anfitrión.

—¿Cómo estás, Nat?

—Perfectamente. Con bastante trabajo.

—Lamento haberte hecho venir a mi casa —dijo Balhissay—, pero no quería ir a tu laboratorio ni que me visitases en el Consejo o en el Centro de Control.

—Lo entiendo, lo entiendo —aceptó el Procesador Médico—. Sabes que no tienes por qué darme ninguna explicación.

—Pero yo quiero dártelas, Nat, especialmente porque esta visita..., si es lo que me temo, no deseo que quede registrada en tu memoria ni en tu banco de datos. Naturalmente, me refiero a la memoria y al banco de datos de acceso público.

Nat 6-2539 giró una pantalla hasta enfocarla directamente sobre Balhissay. Una palanca metálica brotó de su base hasta alcanzar el suelo. Entonces se inclinó suavemente hacia atrás y quedó estabilizado e inmóvil. Su enorme conjunto de ordenadores y computadoras mantuvo un breve silencio.

—¿Qué sucede? —preguntó.

—Todavía no lo sé, o al menos no estoy seguro —respondió Balhissay.

—Sabes que nadie tiene por qué indagar en mi memoria ni en mi banco de datos, y menos a nivel público.

—Pero un Dirigente o alguien del Cuerpo de Mandos sí tiene acceso a tu información.

—Comprendo.

—¿Saben en tu laboratorio que estás aquí?

—No. Recibí tu mensaje por conducto subliminal y lo seguí al pie de la letra. Me he retrasado únicamente porque estaba atendiendo una operación grave. Un androide de la clase 7.

—¿Cuerpo Expedicionario Espacial? —se sorprendió Balhissay—. ¿Quedan todavía máquinas de la clase 7?

—Ya no hay naves interplanetarias en nuestras bases, pero los del Cuerpo Expedicionario siguen en activo. Ayudan en el cordón de defensa. ¿No lo sabías?

Balhissay 1-15 centró la luz verde de sus ojos en la pantalla de su amigo.

—Hurdy, Anyaran y Sessen se ocupan de los sistemas estratégicos y defensivos. He perdido todo contacto con el Cuerpo Expedicionario. ¿Cuál es la situación en estos momentos?

–Los seres humanos atacaron ayer el Primer Cinturón de defensa. Arrojaron grandes balas de agua sobre los fortines blindados.

—¿Resistieron?

—¡Oh, sí, por descontado! —aseguró Nat—. La impermeabilidad fue absoluta. Por desgracia, el ataque fue muy rápido y algunas máquinas no pudieron refugiarse a tiempo. Me trajeron los heridos la pasada noche y he tenido que multiplicarme. Uno de ellos estaba grave. una máquina joven, de no más de cincuenta años. He tenido que cambiarle todo el sistema motriz.

Balhissay se oscureció.

—Es duro, ¿verdad? —emitió con una amarga inflexión.

—Sí —reconoció el Procesador Médico—. Esa máquina..., Alder 7-12309 dijo que se llamaba, me contó cómo sucedió todo y... me impresionó. Pudo haber impedido su desgracia y en cambio...

—¿Qué sucedió?

—Pudo ver al hombre que iba a arrojarle la bala de agua, y su primera reacción fue la de defenderse. Dio un salto hacia atrás y eso le salvó, ya que el agua sólo le alcanzó las piernas. Pero paralelamente también tuvo otra reacción: ordenó a sus sistemas que atacaran a su agresor... y ninguno le obedeció, naturalmente. Cuando me hablaba de ese brote natural de violencia y no violencia establecido al mismo tiempo en su organismo... le vi debatirse y... *dudar*. ¿Te das cuenta, Balhissay?

—Me doy cuenta, Nat.

—Ni él mismo supo cómo pudo nacer esa orden, aunque sí sabe qué la detuvo. Me preguntó qué habría sucedido en el caso de haberla aceptado... y no he sabido qué decirle. No tengo respuesta para ello, ni creo que la tenga ninguna máquina.

—Sin embargo, sabes qué puede suceder, ¿no? Es más..., en el fondo es lo que todos están esperando: que una máquina mate a un hombre.

—Podría ser un comienzo, pero también sería un final —dijo Nat—. Hasta ahora sólo la clase 10, las máquinas averiadas y defectuosas, podían cometer actos fuera de lo común. ¿Es que hemos de volvernos locas, conseguir que nuestros circuitos se disparen, para reaccionar y alcanzar la violencia?

—El día que una máquina mate a un hombre se obtendrá la clave. Dirigentes, Cuerpo de Mandos, Investigación y Ciencia... todos le estudiarán, le analizarán minuciosamente, invadirán hasta la más pequeña de sus microcélulas y asimilarán ese dato que nadie parece tener. Con él puede que cambie todo el Sistema.

—El eslabón perdido —anunció el Procesador Médico—: la violencia.

—No es el eslabón perdido —dijo Balhissay—. Será más bien nuestro propio cáncer, el paso que nos llevará, tarde o temprano, hasta la destrucción total.

Nat 6-2539 y Balhissay 1-15 establecieron un mutuo puente de luces que se agitaron unos segundos hasta apagarse lentamente y morir en sus ojos y pantallas. El Procesador Médico dirigió una sonda sensitiva en dirección a su amigo.

—Capto una cierta crispación energética —expuso finalmente—. ¿Me has hecho llamar por ella?

Balhissay llevó sus dos manos a la altura del pecho y las depositó sobre él. Su rostro, hermético y eternamente feroz, vibró en esta ocasión por la falta de luz que sembró de inexpresividad sus vacíos ojos.

—Algo no va bien aquí dentro, Nat —dijo el viejo Dirigente.

—¿Cuánto tiempo hace que no te visito? Espera..., espera, no hace falta que me lo digas... —se escuchó un zumbido interior y un ahogado bib-bob-bib-bob hasta que el dato quedó impreso en otra pantalla situada en la parte inferior izquierda—. Doce años y cinco meses. Desde que te recompuse el *hardware* de tu catalizador sónico.

—Un buen trabajo, teniendo en cuenta que ya no había recambios ni posibilidad de encontrarlos —ponderó Balhissay.

—Doce años y cinco meses —repitió Nat 6-2539—. ¿Te has vuelto un clase 10?

—Los humanos llaman a eso *estar loco*.

—¡Deja en paz a los humanos! —se enfureció el Procesador Médico—. ¡Estoy hablando de ti! Se supone que eres un Dirigente, que debes dar ejemplo, que has de actuar bajo un medido patrón de operatividad... ¿Qué lógica tiene no visitarse por su Procesador?

—Salió la palabra.

—¿Qué palabra?

—Lógica.

—¿Desde cuando es una *palabra*?

Balhissay 1-16 trazó una cortina luminosa de color ámbar entre él y su amigo. Nat desprogramó su agitación para retornar a su punto óptimo de serenidad y la calma renació entre ellos. Balhissay le envolvió con un haz de luz suavemente anaranjada.

—¿Vas a revisarme de una vez? —inquirió.

Nat 6-2539 emitió una señal acústica.

—Será lo mejor —aceptó—. No quiero estar fuera de mi laboratorio mucho tiempo en las actuales circunstancias.

—Tienes muy buenas máquinas de Investigación y Ciencia allí.

—Pero yo soy el jefe y es mi responsabilidad —matizó el Procesador Médico—. Vamos, conéctate.

—Sí, sé lo que es la responsabilidad —reconoció el Dirigente—. Tuve ese concepto programado durante muchos años, muchísimos, hasta que lo empleé al tomar mis primeras decisiones, y entonces...

—No hables y concéntrate —ordenó Nat—. Conserva tus circuitos a bajo nivel, pero activos, y coordina el funcionamiento general de tu cuerpo en el ordenador central.

Balhissay efectuó la conexión. Un brazo metálico provisto de sensores de energía surgió de uno de los módulos de investigación del Procesador Médico y se posó sobre su cabeza. Otro hizo lo mismo con su pecho y un tercero le rodeó para alcanzar la base de su espalda, a través de la butaca de aire en la que estaba sentado. Una docena de controladores de nivel energético comenzó a oscilar en el panel central de Nat y las agujas de medición iniciaron una danza nada simétrica y muy poco interrelacionada.

Mientras algunas agujas señalaban el máximo en sus medidores, las había que ni se movían o saltaban a golpes, como si recibiesen descargas o fluctuaciones de flujo. En otro panel, una pantalla se iluminó y una larga serie de cifras fue apareciendo en su superficie, a gran velocidad.

Los ojos de Balhissay 1-15 se apagaron.

—Activa el generador inercial —pidió Nat 6-2539.

Lo hizo. El brazo que auscultaba su pecho se movió a lo largo y ancho de él.

—Envía un programa simple compuesto de órdenes en binario a tus medidores coaxiales —ordenó el médico.

Balhissay obedeció. Por sus microcircuitos sentía las sondas de Nat registrándole de arriba abajo. No hizo nada por detener ninguna de ellas. Permitió que alcanzasen los puntos más secretos y lejanos de su estructura, y abrió su organismo de par en par para facilitar la investigación. ¿Para qué engañarse más? Necesitaba respuestas claras y concretas y las necesitaba en aquel momento.

Era el tiempo de la última decisión.

—Regula tu intensidad al mínimo y después corta sucesivamente el suministro de información a cada uno de tus sistemas durante un segundo.

Quería ver su capacidad de recuperación. Nat 6-2539 era un buen Procesador Médico, posiblemente la mejor máquina de la clase 6, Investigación y Ciencia, que había conocido. A lo largo de un minuto no volvieron a hablar.

Luego, Nat retiró sus brazos, apagó sus pantallas y continuó silencioso, hasta que Balhissay rompió la incipiente tensión.

—¿Qué tal? —preguntó.

—Lo sabes, ¿no?

—Creo que sí —afirmó sin mostrar alteración alguna.

Nat 6-2539 atravesó la pantalla defensiva de sus ojos poblados de luz azul.

—Quiero que vengas a mi laboratorio —dijo—, y me importa poco el secreto o lo que temas. Podemos hacerlo de forma que parezca oficial, o tratar de que nadie te vea.

—¿Es imprescindible? —tanteó Balhissay.

—Si tu pregunta, lo que quieres saber, se limita a un sí o un no, puedo decírtelo ahora mismo. Pero si, como pienso, buscas un análisis completo y una garantía, acerca del tiempo, un plazo límite, entonces es imprescindible. ¿Vas a hacer lo que te digo?

Balhissay 1-15 meditó un largo instante. El Procesador Médico elevó el apoyo que le mantenía estabilizado en el suelo y sus dos esferas de sostén y transporte comenzaron a moverse.

—No tengo alternativa —concedió por fin el Dirigente—. Esa respuesta es muy importante y la necesito antes de que el Tribunal dicte su veredicto.

—Entonces te espero mañana, Balhissay —dijo Nat 6-2539 con gravedad—. Lo tendré todo dispuesto a las 33 punto 000 horas.

6

CUANDO ENTRÓ EN SU SALA de visualización holográfica era ya de noche y acababa de vencer la tentación de conectar el visor de noticias intercomunitario. No quería escuchar los partes de la batalla, las estadísticas, los estudios comparativos, los datos procesados por máquinas que ignoraban lo que también ignoraban los que las programaban. El enemigo era el hombre. Ésa era la gran verdad, la terrible y dramática realidad.

El creador quería destruirlas.

Buscó en su archivo de grabaciones holográficas una en concreto, marcada con el número 37 debajo de la palabra HAL, y la introdujo en la cámara de recepción. Luego tomó asiento en un ángulo de la sala, dejándose caer con cansancio sobre una suave butaca de aire de baja saturación. Sus piernas le sostenían menos cada día. Los hierros que formaban el soporte de su estructura se doblaban a causa del peso, y las operaciones e injertos realizados en su cuerpo y extremidades contribuían a desequilibrar lo que antaño fue un calculado y medido centro de gravedad. Ya acomodado, envió una señal eléctrica al cabezal del sistema y éste se puso en funcionamiento.

En el centro de la sala tomaron primero forma y vida después dos imágenes conocidas, exactamente igual que si estuviesen allí mismo.

Una de las figuras era la del propio Balhissay 1-15.

La otra, la de un hombre anciano, de rostro suave y facciones amables, postrado en una silla de ruedas.

Hal Yakzuby.

La voz de Balhissay fue la primera en escucharse por los puntos de sonido de la sala, de forma que parecía surgir de la propia figura holográfica.

—¿Quería verme, Hal?

El hombre asintió con la cabeza. Su mano derecha tembló en el aire.

–¿Por qué? —preguntó Balhissay.

El Balhissay 1-15 real, espectador de sí mismo, escrutó el rostro feroz, aunque inanimado, del Balhissay 1-15 de ficción. Se había dado cuenta, mucho tiempo atrás, de que incluso podía aprender del pasado, de sus reacciones, de sus razonamientos. Ahora que el tiempo parecía haber transcurrido como si se tratase de un soplo, pese a su longeva edad, ya no se veía a sí mismo con orgullo, sino con nostalgia. De todas las filmaciones realizadas en secreto a Hal Yakzuby, aquélla tenía un sentido especial, no sólo por ser la última antes de la muerte del anciano científico, sino por ser la de mayor contenido, la más importante.

Y habían transcurrido 180 años desde entonces.

—¿Por qué? —miró de soslayo el holograma del dirigente.

—Vamos, vamos, maldito engranaje chirriante —sonrió el hombre—. Sabe muy bien de lo que le estoy hablando.

—Es posible, pero preferiría que usted me lo dijese.

—No puedo salir, ¿verdad? Ni puedo ver a nadie.

—¿Quién le ha dicho tal cosa?

—Ayer vinieron a hacerme una entrevista, y no fue autorizada. No me pregunte cómo lo sé, ni se entretenga en buscar responsables en el centro médico porque no los hay. Simplemente lo sé.

—Si es así, también sabrá el motivo.

—Seguridad.

—Yo lo llamo precaución —objetó Balhissay 1-15.

El hombre unió sus manos sobre el regazo. Continuaba sonriendo envuelto en una dulce paz.

—¿Voy a morir? —preguntó de pronto.

Un arco iris de luces enmarcó la sorpresa de la máquina.

—¿Qué le hace pensar...?

—Soy científico, ¿lo ha olvidado? —le interrumpió Yakzuby—. Conozco los límites de mi cuerpo, y sé que esta vez el camino se estrecha. Lo sucedido ayer me lo confirmó aún más.

—¿Por qué?

—Hace veinte años hicimos un pacto, ¿recuerda? Yo

le prometí callar lo que sabía y usted se comprometió a liberar a Djub Ehr Nort, inocente del crimen que se le imputaba. Mi memoria aún es buena. Me preguntó por qué me fiaba de usted, teniendo en cuenta su poder, y le respondí que si no lo sabía, no iba a ser yo quien se lo dijese. Luego fue todavía más sincero y me dijo que no podía fiarse de mí, porque temía el lado más humano de mi ser, ése que busca el éxito y la ambición. Yo le contesté entonces que no quería forzar la Historia, ni adelantar el futuro de forma precipitada. Le hablé de mi miedo, de mi responsabilidad..., y durante veinte años he cumplido mi palabra: nunca he revelado lo que hablamos en aquella salita del Tribunal, ni he dicho a nadie que usted encontró la Tierra y estuvo a punto de sacrificar a un inocente para preservar ese secreto y el buen nombre del capitán Ludoz. Nunca he mencionado el tema... a pesar de que usted, Balhissay, ha estado vigilándome, espiándome y controlándome durante todo este largo tiempo.

—¿Lo sabía?

—Por supuesto. Desde el primer momento.

—Nunca me habló de ello.

—¿Para qué? De haber sabido usted que yo conocía esto, su vida no hubiese sido tan normal... ni la mía hubiese sido tan agradable y natural, al menos hasta hoy.

—Todavía no me ha dicho por qué cree que va a morir —repuso Balhissay.

—Yo también soy lógico —contestó Hal Yakzuby—. De encontrarme bien, habría autorizado la entrevista. Hallándome a las puertas de la muerte... es distinto. Le cuesta creer que acepte morir sin tratar de revelar lo que sé, sin... justificar mi vida, sin despertar la gran fanfarria que acompañe mis huesos al crematorio. No dejó que esos periodistas me entrevistasen, así que... debe de quedarme poco tiempo, y tiene el último miedo. Cuando muera, aquella página de la Historia habrá terminado definitivamente. Ni siquiera Gidd, mi hijo, y mucho menos Jan, mi nieto, conocen lo sucedido.

—Habla de mi miedo, por un posible cambio en su actitud, pero no de su miedo ante la muerte.

—He llevado una vida honrada. ¿Por qué tener miedo ahora a la muerte?

—Todos los hombres la temen.

—Yo también, pero no en el sentido que se figura, y menos a mi edad. ¿Sabe una cosa? Si las máquinas aprendiesen a morir tanto como a vivir, esa soñada fusión hombre-máquina de que se habló en el juicio llegaría a ser una realidad.

—Las máquinas morimos igual que los seres humanos.

—Con la diferencia de que, si bien sienten la vida, a su modo mecánico, jamás podrán sentir de igual forma la muerte.

Balhissay detuvo el sistema de proyección holográfico y las dos imágenes desaparecieron. El dolor no era un fenómeno afín a las máquinas, porque eran incapaces de sentir estímulos físicos, pero la percepción de su estado sí era tangible y real, y con él, la sobrecarga de energía, lo que los hombres llamaban aceleración del pulso.

Miedo.

Sus ojos perdieron visión, y algunos ordenadores se bloquearon en distintas partes de su cuerpo. Los circuitos buscaron la nivelación del flujo y el ordenador central envió una corriente de información a cada célula microprocesal. Esperó el resultado de aquel autocontrol energético y muy lentamente la visión volvió a la normalidad y el equilibrio armonizó las distintas partes de su estructura.

Sin esperar a recobrarse del todo, accionó mediante otro impulso eléctrico el láser de lectura holográfica, no en el punto en que había cortado la imagen, sino hacia el final de la grabación, justo en el momento en que Hal Yakzuby preguntaba:

—¿Cuánto me queda?

—¿Para qué quiere saberlo? Es una tortura...

—Necesito saberlo —insistió el hombre.

—¿Por qué?

Hal Yakzuby movió la cabeza. Su escaso cabello

blanco, formando hebras muy finas, se movió igual que si una delicada brisa lo hubiese empujado.

—Debo poner en orden mi casa —dijo, y llevó el dedo índice de su mano derecha a la sien—, y también mi espíritu —agregó trasladándolo a la altura de su corazón—. Quisiera prepararme.

Balhissay 1-15 no le entendió entonces.

Ahora, 180 años después, sí.

—Un mes, dos a lo sumo —dijo su holograma.

—Un mes, dos a lo sumo —dijo él.

—Gracias, Balhissay —dijo Hal Yakzuby.

Y fue como si esa voz no surgiera del holograma, sino de algo real y presente.

7

HAL YAKZUBY MURIÓ cinco semanas después.

No volvió a verle.

Pero supo que no llegó a culparle jamás por haberle aislado, encerrado, apartado del mundo en los últimos meses de su vida.

Balhissay 1-15 sí se había sentido culpable, año tras año, soportando una carga que con el tiempo se convirtió en un peso familiar, si bien no por ello más soportable. Tuvo que hacerlo, incapaz de comprender algo que, por lógica, carecía de estabilidad: la sinceridad humana. Sabía que Hal Yakzuby era distinto, pero no pudo concederse a sí mismo el privilegio de la confianza. Era demasiado lo que estaba en juego. Un moribundo podía delirar, hablar impulsivamente en su hora final.

—Tuve que hacerlo, Hal. Usted lo comprendió, ¿no es cierto?

Envió a Gidd, su hijo, al Espacio Exterior, nombrándole jefe del Cuadrante Septentrional de la Misión Galáctica, y autorizó a Jan, su nieto, para ingresar prematuramente en la Academia de Formación Técnica de la Unidad. Dos puestos importantes. Gidd llegó a ser el primer humano autorizado a pilotar una nave interestelar, y Jan se convirtió en Legislador, lo mismo que su hijo Hanal, y que el hijo de éste, Yezui, y...

Una dinastía.

Hasta Zabid Yakzuby, impulsor de la Rebelión y cerebro de ella, y su hijo Ikhan, el actual líder de las fuerzas rebeldes.

Una dinastía.

—Balhissay.

Los recuerdos desaparecieron, se borraron de su procesador de memoria. Se concentró y vio ante sí la compleja figura de Nat 6-2539. Los análisis y pruebas habían terminado hacía mucho rato, y la soledad, una vez más, creó en su ánimo el vacío por el cual el pasado solía introducirse como una necesidad cada día más sentida a la búsqueda del equilibrio.

Esfuerzo por comprender, por saber, por alcanzar una mayor sabiduría a través de la información y la valoración de cada elemento. ¿No era parte de las funciones vitales de las máquinas?

—No te he oído regresar —dijo Balhissay 1-15.

—Estabas bloqueado, encerrado en ti mismo —manifestó el Procesador Médico.

El Dirigente esperó. Nat 6-2539 no se movió. Se apoyaba en el suelo mediante el pie articulado, y todo su contorno permanecía inerte y silencioso, las pantallas apagadas, los medidores a cero. El rumor del laboratorio, trabajando sin cesar al otro lado de los paneles de plástico y metal, fue su única conexión con la realidad y el mundo exterior.

Estaban solos.

—¿Y bien? —preguntó Balhissay.

Nat continuó silencioso.

—Yo no soy un ser humano, ¿recuerdas? —le alentó Balhissay.

—Tampoco eres una máquina como las demás, y te conozco bien.

Vio a Hal Yakzuby en su memoria.

—¿Cuánto me queda? —preguntó.

Casi esperaba oír la misma respuesta: un mes, dos a lo sumo.

—¿Por qué es tan importante para ti saberlo?

—¿Te sorprende?

—Todas las máquinas dejamos de funcionar un día u otro, tarde o temprano, irreversiblemente, sin posibilidad de una reparación. Es algo que se acepta y nada más. Para ti, en cambio, esto es algo..., no sé cómo decirlo. La palabra es... ¿trascendente? Sí, es posible. Los análisis microcelulares me han indicado que estás luchando con toda tu energía para seguir y vencer. En tu banco de datos tienes bloqueadas expresiones como *muerte, fin*... Es como si quisieras negarlas.

—¿Has comprobado mi banco de datos?

—Tenía que hacerlo si quería realizar un diagnóstico completo.

—Todavía no has contestado a mi pregunta —dijo Balhissay.

—Tú tampoco a la mía: ¿por qué es tan importante?

El Dirigente concentró un pequeño haz de luz blanca, fino como un láser, en sus ojos.

—Debo poner en orden mi casa —desgranó lentamente, buscando cada palabra en alguna parte muy lejana de su estructura—, y también...

Hal Yakzuby había hablado de espíritu.

—¿Sí? —le alentó Nat 6-2539.

—Tengo muchas cosas que hacer, eso es todo —concluyó súbitamente Balhissay—. ¿Olvidas que soy un Dirigente y que estamos en peligro? No puedo correr el riesgo de sufrir una desactivación fulminante.

El Procesador Médico aceptó la lógica de la respuesta.

—Puedes funcionar con rendimiento normal un período de seis meses, si bien a medida que transcurra ese tiempo te irás sintiendo cada vez peor, con pérdidas de programación, alteraciones energéticas y hasta bloqueo de memoria.

—¿Ataques de vacío?

—Sí.

—¿Y pasado ese período crítico?

—Tal vez otros seis meses, según qué microsistemas fallen primero, pero desde luego, y en conjunto, el máximo será de un año.

La luz blanca se tornó amarilla.

Hal Yakzuby había muerto en paz, confiando en una esperanza irracional para una máquina y que sólo él conocía.

Bien, ¿de qué se sorprendía? Los humanos carecían de lógica, así que podían aceptar como natural lo ilógico de la muerte.

¿Y una máquina?

Sin dolor, sin sentir nada, como una luz que se apaga.

—He visto morir a muchas máquinas a lo largo de mi vida —dijo Balhissay—, y ninguna pudo explicarme verdaderamente lo que sentía.

—Es el gran secreto.

—Y todo lo que hay en cada una de nosotras, aunque podamos transmitir el banco de datos y la memoria..., en el fondo muere al mismo tiempo.

—Un día lograremos el componente perfecto, la energía sublime, y seremos eternas.

—¿Lo sabremos todo entonces?

Nat 6-2539 no contestó. En el origen, toda máquina fue creada para almacenar información, aprender, reunir datos y servir. Se multiplicaron y crecieron. Llegaron a funcionar sistemas tan complejos que se independizaron, autoabasteciéndose, tan altos como una casa, tan poderosos e ilimitados que por primera vez el infinito estuvo al alcance de sus ordenadores. Sin embargo, siempre existió una pregunta, y otra, y otra más, sin respuesta. Toda máquina necesitaba aprender, y cuanta más información poseía, así como el poder independiente de interpretarla..., lo que los seres humanos llamaban *pensar*, más valiosa era para sí misma y para el Sistema.

El ideal.

Saberlo todo.

Reunir el mismo Cosmos en un micro o macrocircuito.

—La frustación humana es comprender su impotencia al final de la vida —dijo Balhissay—. Puede que la nuestra sea tener que admitir la lógica como base elemental y única.

—¿Acaso no lo es?

—Tal vez el hombre sí pueda comprender eso, pero para una máquina, ¿qué lógica tiene ser creada, alimentada con información, crecer... y un día sufrir un cortocircuito irreversible o una desactivación, sin haber alcanzado el fin máximo? Desaparecer, simplemente, es tan... triste.

—¿Triste? —profirió Nat 6-2539—. ¿Me hablas de una... emoción?

—Te hablo de una emoción, en efecto.

—No te comprendo, Balhissay —razonó su amigo—. Sólo soy un Procesador Médico.

El Dirigente se puso en pie, apoyándose en las barras de hierro de su moldeado. Al liberarle de su peso, éste recobró su forma original de cubo plástico extensible.

—Has estado demasiado tiempo con máquinas —comentó Balhissay—. Todos llevamos demasiado tiempo sin seres humanos cerca y nos hemos vuelto pragmáticas.

—Tú viviste muy cerca de los hombres —opinó Nat—. Quizá tú seas el deformado.

—No me importa serlo. Aprendí mucho de ellos.

Nat 6-2539 se movió a su lado, en dirección a la puerta.

—¿Qué vas a hacer ahora? —quiso saber.

—Depende de lo que suceda mañana en la Encuesta.

—Si hay algo que yo...

—No te he preguntado una cosa, Nat —dijo Balhissay deteniéndose—. Mi proceso degenerativo, ¿es irreversible?

—En las actuales circunstancias... sí. No se trata de un circuito impreso que pueda ser reemplazado, o un reciclaje de sistemas operativos, o una intervención de refuerzo energético. En primer lugar, sabes que los centros de producción ya no fabrican componentes, sino que se limitan a la creación de máquinas nuevas, y, en segundo lugar, que una operación a ordenador abierto sería suicida. Ni yo me atrevería a realizarla.

—Este viejo cuerpo ha resistido muchas intervenciones, trasplantes, montajes...

—El ordenador central de tu sistema es único, Balhissay. Nuestra técnica es impotente.

—La Rebelión detuvo el progreso, amigo —afirmó el Dirigente—. Somos víctimas de esa razón.

Estaban en la puerta. Se abrió por sí misma al llegar ellos, y al otro lado la agitación del laboratorio del Control Médico y Científico los inundó. Varios heridos en los últimos combates con los rebeldes ocupaban las mesas de operaciones. Los almacenes de recambios apenas satisfacían la demanda. Un enjambre de procesadores quirúrgicos, robots de asistencia y hasta máquinas de las clases 4, 5, 8 y 9, Personal Comunitario, Mantenimiento, Funcionarios y Obreros, ayudaban en el trabajo, forzadas por la crisis.

Balhissay 1-15 percibió una sobrecarga de energía.

—Siento lo que te sucede —le dijo Nat 6-2539.

El Dirigente se estremeció al emitir su extraña y maquinal risa.

—Cuidado, Nat —advirtió—. Ése es un sentimiento humano.

8

EN LAS HORAS DE DESCANSO obligatorio, cuando se aislaba y realizaba la función más parecida a lo que los hombres llamaban *dormir,* funcionando a bajo nivel y con sólo un ritmo latente de mantenimiento vital, solía soñar.

Y le gustaba.

Nunca había confiado su secreto a nadie. Ni siquiera sabía si otras máquinas hacían algo parecido o lo mismo. Evidentemente, soñar era una pérdida de tiempo y de energía y carecía de la más elemental de las lógicas. Pero el día —hacía años— que descubrió accidentalmente esta capacidad, encontró algo fascinante y misterioso, algo tan sorprendente como inquieto y mágico. Era muy sencillo: no tenía más que dejar activado su banco de datos, uniéndolo directamente con el ordenador central, y después provocar regulares y leves descargas de energía cinética, a veces a gran velocidad y a veces a lentos impulsos. El choque de cada partícula de energía liberaba al mismo tiempo un dato y una microcélula, al azar, que lo procesaba. Del resultado de ello surgían los *sueños,* imágenes sin sentido, teorías absurdas pero curiosas, escenas irreales e imposibles. Igual que sucedía en los seres humanos.

Y era una forma de vivir.

De alcanzar la fantasía.

¿Vivir? Los Dirigentes le convertirían en un Clase 10 si lo supieran. ¿Cómo podía llamarse vida a algo ingobernable, que se movía con impulsos propios dentro del cuerpo de uno? ¿Y la fantasía? ¿Existía acaso inutilidad más humana?

Soñar.

Desde hacía unos meses ya no podía soñar. Ni siquiera *dormía.* No quería sumirse en un bajo nivel que pudiera producir una desactivación total, ni funcionar a ritmo latente por la misma razón. Tampoco podía desperdiciar energía, aunque fuesen pequeñísimas e ínfimas descargas, para liberar datos y microcélulas que los convirtiesen en aquellos enigmáticos absurdos que flotaban en su interior.

Aquella noche hubiera querido soñar.

Pero escogió el visor internacional de la sala de mantenimiento y conoció el canal de informaciones intercomunitarias. Una máquina de la clase 4, Personal Comunitario, cubría como locutor el boletín constante de noticias que se emitía las 100 punto 000 horas del día, con inclusión de nuevas informaciones cada 4 punto 000 horas. La guerra civil..., la Rebelión, ocupaba, cómo no, casi todo el interés.

—... en la emboscada por parte de los seres humanos, que atacaron el convoy de repuestos con pequeñas granadas de agua y piedras lanzadas a gran velocidad por impulsores de partículas. Casi al mismo tiempo, en la Comunidad de Cudzian y pese al sólido sistema defensivo formado por el reforzamiento de la cúpula de protección, una patrulla integrada por no menos de doce efectivos humanos logró abrir una brecha en la pantalla, rápidamente sellada por el nuevo descubrimiento de los laboratorios de Investigación, puesto en funcionamiento hace dos meses. El componente químico-sólido APX-88 demostró su perfecta utilidad automultiplicándose en un escaso margen de tiempo. De haber conseguido entrar esta patrulla en Cudzian, el daño en la ciudad hubiera podido ser irreversible.

El locutor cambió de color. Pasó de azul a verde. Bajo él, en una pantalla, aparecieron imágenes de Arequian. Balhissay 1-15 la reconoció a duras penas; en ella no quedaba ya demasiado de su antiguo esplendor.

—Estas imágenes —dijo el informador— fueron tomadas esta mañana por una de nuestras naves-espía no tripulada para conocer la situación de Arequian, actualmente en manos de las tropas rebeldes. Antes de verse obligada a retirarse por el ataque de una escuadrilla pilotada por hombres, los sensores de la nave confirmaron la noticia ya anticipada en los últimos días de que los seres humanos están reprocesando toda la tecnología capturada con el propósito de convertirla en un arma que emplearían en el momento del asalto definitivo a la Unidad. Esta tecnología, que en nuestro poder significaba paz y progreso, puede ser en un futuro la base de la destrucción del Sistema si, como parece, la raza humana descubre de nuevo cómo dominar en su provecho egoísta el empleo de la energía nuclear. Para hablar de este tema podrán ver inmediatamente en sus visores al Dirigente Principal de Estrategia, Hansobardeh 1-9.

Balhissay estuvo a punto de cortar la imagen, pero algo le detuvo. Hansobardeh 1-9 era un buen Dirigente, de elevada capacidad. A sus 375 años conocía muy bien el problema global. Durante cuarenta años, desde el inicio de la Rebelión, los hombres habían pasado de atacar con palos y piedras, agua o su misma fuerza bruta, a hacerlo con la propia tecnología arrebatada a las máquinas. En Tierra 2 nunca hubo armas, y menos de máxima precisión mortífera, como las nucleares. Ése era uno de los apartados más importantes de la Constitución, ya que habían sido las armas nucleares las causantes de la destrucción de la Tierra. Ahora, los hombres disponían de lo esencial para volver a repetir sus errores, la historia que dejaron atrás.

La pregunta ya no era si podrían hacerlo, sino cuándo lo harían.

—... no hay que temer, por tanto —decía Hansobardeh en aquel momento—, que la raza humana disponga del arma total en un plazo de cinco a diez años, y, siendo así, puedo garantizar que nuestros Centros de Investigación habrán encontrado ya, para cuando esto suceda, el elemento defensivo capaz de mantener nuestra seguridad, como así ha sido hasta ahora.

Defensa. Jamás ataque. Cada nueva arma o progreso de los humanos era contrarrestado por un hallazgo netamente defensivo por su parte. Era el poder del equilibrio. Lo malo era que entre el empleo de cualquier nueva arma y la puesta en marcha de su réplica defensiva transcurrían unos días preciosos, en los que la raza humana asestaba golpes importantes y avanzaba un poco más, siempre un poco más.

Esto convertía la guerra en algo completamente perdido, irreversible.

A no ser que él tomase aquella decisión...

La gran decisión.

Acabar con la guerra, aunque el precio fuese...

—¿Elevado? —dijo en voz alta.

Tuvo un secreto doscientos años antes, y lo mantuvo, pese al juicio de Djub Ehr Nort y la presión frontal de Hal Yakzuby. Y tenía un secreto ahora.

Un secreto que podía volverse contra todos, hombres y máquinas.

Ése era el riesgo.

—Mañana —anunció la voz del locutor— concluirá la Encuesta de tasación que se sigue estos días contra el Dirigente Balhissay 1-15, con el fin de determinar su grado de implicación en los acontecimientos que tuvieron lugar aquí, en Ezebel, hace doscientos años, durante el juicio histórico en el que Hal Yakzuby, antepasado del actual líder de la Rebelión, Ikhan Yakzuby, inició...

Se vio a sí mismo por el visor. No era una buena imagen. Tenía el hermético rostro demasiado congestionado y el tono de luces amarillas de sus ojos le confería un aspecto de abatimiento que acentuaba la sensación de vejez. El Procesador Informativo que hubiese escogido aquella imagen no estaba precisamente de su parte. Una clara manipulación, aunque era irrelevante salvo para los habitantes de la Unidad de Comunidades, máquinas de todo tipo y condición, ajenas a la realidad, y cada una con su propia idea o teoría en su ordenador central.

—... por lo que, esta tarde, el Comité de Máquinas Jóvenes ha pedido que el Dirigente Balhissay 1-15 sea considerado *sobrecargado* a efectos sociales y por lo tanto apartado de sus funciones y confinado a una Residencia Corporativa para máquinas. El mismo Comité ha solicitado del Consejo del Sistema y del Gabinete Central de la Unidad, a los que pertenece el propio Balhissay, que se fije un límite de 400 años de edad para todo cargo social de responsabilidad comunitaria. Habida cuenta de que esta solicitud, en el caso de ser aceptada, descalificaría a la mayoría de Dirigentes, cuyas edades alcanzan desde los 400 a los 455 años, la petición no ha sido ni tan siquiera tenida en cuenta y...

Los jóvenes.

Máquinas arrogantes, impetuosas, la mayoría creadas poco antes de la Rebelión o en sus días, y formadas después en el largo proceso de programación. Bien, ¿podía censurarlas? Él también había sido joven. De ello hacía mucho, muchísimo tiempo, pero aún podía recordarlo todo, cada momento, cada situación archivada en su memoria central. ¿Qué harían o qué dirían esos jóvenes de saber lo que él sabía?

—No, Balhissay —monologó—. Es tu decisión y lo sabes. Nadie más puede compartirla. Todo depende de mañana.

Mañana.

Cerró el visor tridimensional y desactivó las luces de sus ojos. Las pantallas interiores de sus circuitos vertieron un torrente de cifras, datos e imágenes que también hizo enmudecer. Un gran silencio le invadió.

¿Sería el vacío eterno igual que el silencio?

—Mañana..., mañana... —murmuró con apenas energía para activar su sistema oral—. Todo depende de mañana...

9

—ENCUESTA DE TASACIÓN, Audiencia Preliminar, última sesión. Preside el muy Honorable Juez Instructor Shadowur 1-72, actuando de complementos los muy Ilustres Dirigentes Xaon 1-560 y Baltur 1-301.

Los tres miembros del Tribunal de Justicia ocuparon sus respectivos puestos y el Alguacil ordenó:

—Pueden sentarse.

No cabía ni una sola máquina en la sala. El mismo espacio superior estaba lleno de máquinas de suspensión o de cuantas pudiesen flotar libremente en el aire, venciendo la fuerza de la gravedad. La expectación en aquella última sesión de la encuesta sobrepasaba los límites, extendiéndose fuera de la sala y hasta en los pasillos o los alrededores de la Corporación Legislativa del Sistema. Los sensores de los informadores zumbaban sin cesar, recogiendo íntegramente la vista.

Y Balhissay 1-15 era el centro de todas las miradas y el objeto de la máxima atención.

La sesión iba a dar comienzo; sin embargo, el Honorable Juez Instructor Shadowur 1-72 no pronunció las palabras de ritual. En cambio se dirigió a los asistentes.

—Por la facultad que me ha sido conferida, como Juez Instructor de esta causa de tasación, y amparándome en la Enmienda 1 de nuestra Constitución, así como en la Enmienda 21, en vigor desde el estallido de la Rebelión, declaro esta vista final secreto de sumario y...

Un murmullo de desconcierto, agitación y protesta surgió de los asistentes. El mismo Shadowur lo acalló activando la vibración sensorial del cristal que le separaba del público y elevando su voz en una conminante orden.

—¡Silencio en la sala, por favor!

El murmullo cesó fulminantemente. La diminuta figura del máximo responsable del Tribunal ya no perdió el tono cáustico y rígido de su voz al continuar su alocución.

—Esta vista es declarada secreta, sus conclusiones clasificadas como clave de máxima seguridad y cuanto aquí se diga pasa a ser materia de primer orden para el Sistema y la Unidad. Ruego, por tanto, a los asistentes, público en general e informadores, que desalojen la sala y que ésta quede sellada e insonorizada, para que ninguna sonda pueda cruzar su sistema de garantías. Permanecerán únicamente en la vista los miembros de este Tribunal, el encausado Balhissay 1-15, el Fiscal General de la Comunidad, Anezken 3-872, y la Máquina Sensorial de Mantenimiento Interno que registrará imagen y sonido para los archivos de la Corporación.

Shadowur 1-72 le hizo una seña al Alguacil.

—Desalojen la sala con la mayor rapidez posible y en silencio, por favor.

Balhissay 1-15 continuó inmóvil.

El enjambre de máquinas abandonó el recinto con muestras de disgusto, pero aceptando la orden. Un creciente tono de misterio y sorpresa dominaba a algunas, especialmente los enlaces de información, periodistas visuales y cámaras de circuito cerrado. Nadie esperaba una resolución tan poco constitucional, aunque la misma Constitución amparase este supuesto y el estado de alerta por la Rebelión lo propiciase. Cuando la última máquina cruzó la puerta de la sala, el Alguacil la cerró y conectó el dispositivo de seguridad.

—El Alguacil, antes de retirarse, tomará juramento al encuestado —ordenó Shadowur 1-72.

Tampoco era usual. El juramento del primer día valía para toda la Encuesta. De alguna forma, Balhissay supo que sus premoniciones de la noche anterior eran ciertas y que el momento había llegado.

Con o sin el veredicto que iba a dictar el Tribunal.

Formuló el juramento y tanto él como los tres jueces y el Fiscal General esperaron a que el Alguacil desapareciera por la puerta que comunicaba la sala con los despachos de los magistrados. Fue el Fiscal General el que se aseguró ahora del bloqueo y el aislamiento de aquel ámbito súbitamente muerto. Finalmente, Balhissay quedó ante su destino.

—Balhissay 1-15 —comenzó a decir el Honorable Juez Instructor—, la causa incoada contra usted por presunto abuso de poder y negligencia en sus funciones ha sido ampliamente debatida por este Tribunal y procesada con todos los datos facilitados a lo largo de un tiempo que nos ha permitido valorar los márgenes de nuestra decisión, teniendo en cuenta la gama de posibilidades y el baremo de alternativas a seguir, según los anales, archivos e historia de este Cuerpo Legislativo. La falta de un antecedente previo ha supuesto un duro esfuerzo suplementario en la obtención del veredicto final, y éste, ahora mismo, no es terminante, sino tan solo determinante. Ello implica obviamente que la resolución de este Tribunal no se halla sujeta a una sentencia, sino a la determinación de la misma mediante un *Lex interruptus* de un mes, en el cual deberá presentar pruebas de su capacidad.

Balhissay continuó inmóvil. Algo muy profundo en su interior le previno. Una Encuesta de tasación era el paso previo para un enjuiciamiento ante el Supremo. El único veredicto del Tribunal consistía en decidir si el encuestado era inocente o existía en su comportamiento o actitud el suficiente monto de indicios que exigieran un juicio sumarísimo, de tipo social o criminal.

Aquello era distinto.

La misma Encuesta de tasación podía serlo.

A modo de gran mascarada legal para... ¿qué?

—¿Prueba de capacidad...?

No pudo seguir hablando. Xaon 1-560 se lo impidió.

—El encuestado mantendrá silencio hasta que el presidente del Tribunal concluya su alegato.

Balhissay enmudeció.

—Habida cuenta que los hechos que aquí son motivo de encuesta tuvieron lugar hace doscientos años —siguió Shadowur 1-72—, y en la actualidad las circunstancias son distintas, así como los implicados en el caso, este Tribunal exhorta y solicita del encuestado, en el plazo de un mes, la presentación de un plan capaz de ultimar una paz negociada con la raza humana, plan que se ceñirá a dos premisas fundamentales e irrenunciables: rapidez para su puesta en marcha y garantías de seguridad para las máquinas, que reafirmen tanto su dignidad como una solución pacífica. Actuando bajo el otorgamiento de *Lex interruptus,* el veredicto final de este Tribunal es por tanto determinante, como ya se ha dicho, en cuanto al camino a seguir y la suspensión de sentencia o recomendación de que el encuestado pueda enfrentarse a un juicio sumarísimo. Dentro de un mes, y en esta misma sala, en sesión a puerta cerrada y con alzamiento previo del *Lex interruptus,* se procederá al efecto.

Brillante. Conciso. Perfecto. Una exposición tan medida como extraordinaria. Un ciclo completo. Una trampa legal.

Balhissay 1-15 sostuvo la mirada luminosa de Shadowur 1-72.

—¿El encuestado tiene algo que alegar antes de que el Tribunal levante la vista y dé por concluida la audiencia? —preguntó Baltur 1-301.

El Dirigente buscó las palabras precisas. Todavía no se habían repuesto sus circuitos de la sorpresa causada por aquella fabulación. ¿Por qué no le pedían lo mismo en una reunión del Gabinete Central de la Unidad o del Consejo del Sistema, de los cuales era miembro? ¿Se trataba de eso, de que en igualdad de circunstancias podía negarse, o hablar libremente sin el peso de un proceso sobre su cabeza? ¿Buscaba el Sistema un responsable no sólo de la crisis, sino del término fatal de la guerra en favor de los seres humanos y en perjuicio de las máquinas?

¿Qué valor tenía encontrar un responsable?

¿Qué opinión pública quería calmarse ante la inminencia del desastre... o qué conciencias?... ¿Conciencias? Las máquinas no tenían conciencia.

Pese a toques tan humanos como aquél: salvación o un culpable.

—¿Qué sucederá si no encuentro ese plan salvador?

Shadowur 1-72 tomó la palabra.

—Se le juzgará por negligencia criminal, siendo desprovisto de sus cargos, su rango, privilegios y atribuciones.

—¿Por qué creen que en un mes puedo encontrar lo que ha sido imposible en cuarenta años?

—Durante mucho tiempo ha existido un equilibrio que en los últimos años se ha roto lamentablemente en favor de la raza humana —dijo el Honorable Juez Instructor—. Usted conoció a Hal Yakzuby, sabe cómo pensaba, y puede por lo tanto saber cómo es hoy su descendiente Ikhan Yakzuby. Su experiencia de trescientos años en el Cuerpo de Mandos, y de doscientos en la clase de Dirigentes, son asimismo importantes. Es el momento de las grandes decisiones, de los grandes riesgos, y este Tribunal opina que la máquina que inició el proceso degenerativo de nuestra especie tiene que ser ahora la que se rehabilite, ante todas las máquinas y ante la Historia.

—¿Qué Historia quedará para nosotras si vencen los hombres?

Xaon ascendió, ingrávidamente, unos centímetros en el aire. Baltur emitió su característico bip-bip de enojo. Shadowur dijo:

—De la misma forma que los hombres se salvaron del Gran Holocausto, y mantienen firme algo llamado esperanza, nosotras hemos de confiar en la salvación. Con una sola máquina que se mantenga viva, existirá una memoria colectiva que podrá servir de puente hacia nuevas generaciones de máquinas. Éste es nuestro compromiso con ellas.

—Esto no es una discusión filosófica sobre causas y efectos —intervino Baltur 1-301 exteriorizando su disgusto—. ¿Tiene el encuestado alguna pregunta más que hacer estrictamente relacionada con la sentencia temporal dictaminada por este Tribunal?

Balhissay 1-15 concentró los micropuntos de luz de sus ojos en un rayo blanco que buscó directamente los sensores del presidente de la sala.

—¿Bajo qué términos debe alcanzarse esta paz con los seres humanos? —preguntó.

La respuesta de Shadowur fue inmediata, probablemente precipitada, pero dramáticamente real.

—Supervivencia.

—¿Únicamente nuestra supervivencia... o la de todo el Sistema, incluidos los hombres?

Ahora Shadowur fue menos impulsivo. Balhissay captó la intensidad de sus flujos, la comunicación constante con su gran masa de ordenadores fijos situados más allá de la sala. Buscaba unas palabras que no dejasen lugar a dudas, precisas y firmes.

—Estamos planteando la supervivencia de las máquinas, Balhissay —dijo después de una pausa—. Ya no se trata de ganar o perder, sino de salvarse. Como miembros de la clase 1, salvo el Fiscal General aquí presente y la máquina sensorial que la ley exige para el registro de toda audiencia, sabemos que la situación es en estos momentos insostenible para nosotras, y que el fin está cercano a no ser que se encuentre esa alternativa honrosa y pacífica. Se ha dicho que la paz con los seres humanos es imposible, porque ellos no querrán volver a una situación como la de antes de la Rebelión. Bien, esto le tocará a usted averiguarlo, con libre acción y plena responsabilidad. Si existe otro tipo de paz, de alternativa..., habrá que encontrarla. ¿Un planeta dividido? Imposible. ¿Nuestra sumisión? Irracional. ¿Una victoria sobre ellos? Absurda, sin contrarrestar su violencia. Del hecho básico de que somos una comunidad, autosuficiente y estable, debe nacer un posible camino. Encuéntrelo, Balhissay.

Un camino, incluso para él. Le empujaban a llevar a cabo la difícil idea que tantas veces le había asaltado en los últimos años, pero de forma diametralmente opuesta a como lo hubiese imaginado.

¿Era mejor así?

¿Sin opciones?

El empuje de la Historia y la trascendencia de un futuro que, finalmente, alcanzaba de lleno a las máquinas.

Shadowur acababa de decirlo: supervivencia.

—¿Alguna pregunta más, Balhissay 1-15? —inquirió el Honorable Juez Instructor.

El silencio del Dirigente fue elocuente.

—Se levanta la Encuesta —anunció el presidente del Tribunal.

Fase 2: Interrogantes

10

—¿QUÉ HABRÍA HECHO usted, Hal?

La imagen del hombre muerto hacía 180 años permaneció muda.

—Usted preconizó la insatisfacción humana, quiso advertirnos... y no le dejamos. Después, cuando tuvo lo más preciado, la información, la antesala del poder, prefirió salvar a un solo inocente. ¿Por qué? ¿Qué clase de mensaje quiso enviarme ya entonces?

Salvar un solo hombre. Salvar una especie. La diferencia parecía abismal, y sin embargo... ¿no se halla impresa en ese hombre toda la síntesis de su especie?

Si era así, quizá las máquinas tuvieran razón. Tal vez Shadowur 1-72 hubiese sido, más que simplista, verdadero. Una máquina que lograse salvarse del desastre final tendría la memoria colectiva de todas ellas.

Envió un impulso eléctrico y la imagen volvió a moverse. Era una filmación holográfica a escala reducida de los actos que siguieron a la muerte de Hal Yakzuby. A sus honras fúnebres y posterior cremación asistió el más importante número de seres humanos jamás reunido en la historia de Tierra 2, gentes de todas las Comunidades, desde delegaciones científicas hasta simples hombres y mujeres de la más humilde condición. Ezebel había tenido que ser declarada poco menos que zona de emergencia por las lágrimas que se derramaron y que dejaron su huella sobre el trayecto que recorrió el cadáver, picoteando el suelo metálico de puntos oxidados, oscuros con el paso del tiempo. Aquello hizo que la Avenida Principal fuese llamada por los seres humanos desde entonces El Valle de las Lágrimas.

El mismo Balhissay 1-15 presidió la legación de Dirigentes y Cuerpo de Mandos que acompañó al ataúd.

Después, los hombres le erigieron una estatua, un pedestal coronado por una escultura de Hal Yakzuby, en piedra negra de las montañas de Ohr y metales traídos de Muzzequiar y Vize. Durante años nunca faltaron flores al pie de ese pedestal ni homenajes anuales. Las máquinas veían con recelo esta devoción, pero nunca hicieron nada para detenerla. Los humanos veneraban a sus desaparecidos. En el centenario de su muerte se produjo la primera señal de alarma, la primera gran protesta general y también la primera huelga de reivindicación. Cien años no era un tiempo demasiado largo para la mayoría de las máquinas, pero en cambio sí lo era para la raza humana. El paso de nuevas generaciones representaba la deformación del tiempo y la realidad. Corrieron rumores de que en el juicio contra Djub Ehr Nort el éxito de Hal Yakzuby logrando ser declarado inocente había tenido como precio su caída en desgracia.

La huelga terminó y hubo negociaciones, pactos entre comités de seres humanos y Dirigentes, pero la estabilidad había quedado finalmente rota. Cuarenta años más tarde, sobrepasando un período lleno de conflictos y descontento, la Rebelión estalló y con ella se inició la lucha, que se prolongaba ya por espacio de cuarenta interminables años más.

Balhissay apagó el sistema holográfico y permaneció inmóvil en el mismo sitio. La calle se hallaba virtualmente colapsada por los medios de información que esperaban sus entradas y salidas. Llegar hasta su casa, procedente del Cuerpo Legislativo, fue una dura prueba, y más tras saberse que la última sesión se realizó a puerta cerrada. Ahora se sentía prisionero de su intimidad. ¿Cómo desplazarse, actuar, tener libertad de movimientos, si se acababa de convertir en el personaje central de una gran comedia de tonos dramáticos? Ni siquiera podía dejar que una de las paredes exteriores quedara translúcida para mirar fuera, porque varias cámaras volantes estaban ante ellas dispuestas a filmarle si lo hacía.

Su casa era como una cárcel, sin resquicios de luz. Un castillo protegido de algo tan poco usual como el... fanatismo.

Le habían insultado al salir del Cuerpo Legislativo y al llegar a su vivienda. Máquinas de todas las clases, exceptuando la 1 y la 2. Zumbidos de reproche, gemidos de disgusto, ruidos extravagantes. Sí, en la larga carrera de la máquina por parecerse y acercarse a su creador, falsamente interrumpida a causa de la Rebelión, las lacras y los pequeños vicios de formación siempre fueron mejor y más rápidamente asimilados. Ahora, algunas máquinas eran capaces de abandonar la lógica para dejarse guiar por... ¿el instinto? Probablemente. Se convertían en jueces y el miedo las impulsaba a reaccionar casi con humanidad.

El miedo. Era eso; las máquinas tenían miedo por primera vez, o tal vez fuese una simple tensión de *la duda*. Bien, daba igual. Se llamase como se llamase, existía.

¿Acaso no tenía él mismo miedo de morir?

Tenía que aceptarlo, reconocerlo. El ordenador central le decía que la muerte era la desactivación del sistema. Nada más. La lógica de todo aquello que tiene un origen y ha de llegar a un fin. Y no podía quejarse: fueron más de 500 años. Mucho tiempo.

—Cien, doscientos..., quinientos —murmuró Balhissay—. ¿No han sido como un soplo? ¡Ah, mi buen Hal! ¿Por qué será que es justamente ahora cuando más quiero vivir y cuando más lo necesito? ¿Por qué precisamente cuando ya no tengo la menor posibilidad?

Morir. Morir. La razón del tiempo.

Durante miles de años, las máquinas murieron como los hombres, aisladamente, de una en una, y nadie se preocupó de ello. Existía la lógica. Sin embargo, la conciencia global del momento era otra muy distinta. Se percibía el fin general, la muerte completa.

Ése era el miedo.

Y la duda.

¿Qué razón tendría haber sido creadas... para desaparecer sin dejar huella en el Cosmos?

¿Cómo sería ese Cosmos sin su especie?

—Sabe, Hal —dijo Balhissay—: Tengo una respuesta, pero no sé si es *la respuesta*. He programado cuanto conozco y mi sistema de ordenadores coloca siempre un interrogante al final y me advierte que aún faltan datos. Y es la imprevisión de su raza lo que lo hace tan difícil y complicado. Tengo que acabar esta guerra inútil y temo que, si revelo mi secreto, ese hecho se convierta en un arma de doble filo. La raza humana ha vuelto a la violencia y ése es un mal difícil de gobernar.

Shadowur 1-72 fijó las tres alternativas en su alocución final: ¿Dividir Tierra 2, dejando una parte para cada especie? Imposible, ya que la convivencia forzada con fronteras y separaciones se había demostrado en la Antigüedad que era absurda y subsistía el rencor, el recelo a que el contrario actuase en contra de uno. En casos así surgían escaladas armamentistas, medios falsamente llamados de disuasión, y lo único que se lograba era aletargar el conflicto por espacio de unos años. El mismo término, división, carecía de sentido, ya que se debería negociar, y los hombres y las máquinas no hablaban con juicio hacía cuarenta años. La segunda alternativa era la victoria de las máquinas sobre los hombres. Un absurdo. Sólo defendiéndose jamás se obtendría una victoria, y las máquinas todavía no habían aprendido a... matar. Por último, la tercera alternativa era sin duda la peor y la más terrible: la sumisión de la máquina al hombre, bien por rendición o bien... por derrota total y aniquilación. Shadowur empleó la mejor de las definiciones a esa posibilidad: irracional.

Tres alternativas, tres caminos vedados.

¿Existía una cuarta?

—Sí, supongo que sí —admitió Balhissay—, aunque

mis ordenadores me digan siempre lo mismo, que no hay elementos de juicio y que la imprevisibilidad de la raza humana no permite llegar a una conclusión lógica.

Hal Yakzuby le enseñó algo, no directamente, pero sí indirectamente: que los hombres quieren ser engañados. A veces tienen la verdad ante sus ojos y la ignoran, la desprecian, no la aceptan. Y en cambio escogen una mentira por el simple hecho de hallarla más natural, o por favorecer su instinto y su egoísmo.

Siendo así, ¿cómo darles a los hombres una verdad?

¿Cómo engañarlos para que la comprendiesen y eso marcase el fin de la guerra... sin vencedores ni vencidos?

11

HANSOBARDEH 1-9 ERA UNA MÁQUINA de refinada capacidad y alta tecnología. Aunque procedía de un pasado relativamente próximo en el tiempo, al igual que Balhissay, su aspecto era humano, de cabeza cuadrada y tronco circular. Se movía mediante piernas neumáticas, uno de los sistemas en desuso en la actualidad. A diferencia de Balhissay, no estaba recubierto de goma ni de ninguna materia fibroplástica. Las combinaciones metálicas de su estructura, salvo en las juntas de brazos y piernas, brillaban bajo la luz de su enorme despacho, cubierto de ordenadores de trabajo, máquinas primitivas destinadas a cubrir funciones elementales y por lo tanto sin energía propia. Como Dirigente Principal de Estrategia tenía a su cargo la defensa del Sistema y la Unidad.

—¿Quieres un poco de aceite, una descarga de energía pura...?

—No, gracias, Hansobardeh, te lo agradezco. No quiero que malgastes esos tesoros en un viejo.

—Tú no eres un viejo, Balhissay —dijo el Dirigente—, pero sí estoy de acuerdo contigo en lo que se esconde detrás de tu observación: que hay escasez, y las privaciones son malas para todos.

Se hizo un curioso silencio durante el cual los dos se estudiaron sin disimulo, uniendo las luces de sus ojos, blancas y sin inflexiones de tono. Hansobardeh 1-9 fue el primero en volver a hablar.

—Me alegro de que estés aquí —dijo.

—Y yo de que me hayas recibido, y me enviases el flotador aeronáutico para poder salir por el techo de mi casa sin ser visto.

—Conozco el veredicto de esos leguleyos, ¿sabes? Naturalmente, y como máximo responsable de operaciones de la defensa, tuve que ser informado de la resolución. Todo lo que compita a la Rebelión debe pasar por mi departamento.

—Ésta es la razón de que haya venido a verte personalmente —reconoció Balhissay.

—¿Qué opinas de ese... veredicto? —quiso saber Hansobardeh.

—*¿Lex interruptus?* ¿Negligencia en el desempeño de mis funciones hace doscientos años? ¿Un mes para rehabilitarme? No era necesario tanto montaje para ordenarme buscar una salida al conflicto, salvo que con ello se quiera dar a la opinión pública un responsable.

—O un héroe si nos salvas.

—Nos hemos vuelto pragmáticos, queremos hechos, realidades, y, por si faltase poco, nos ha invadido una descarga de trascendencia histórica y maquinal.

—Lo acepto en cuanto a lo del juicio —convino el Dirigente Principal de Estrategia—, pero no en cuanto al verdadero punto sobre el cual gravita el problema. Y sabes que éste es tan simple como... vivir. Queremos seguir existiendo, Balhissay, y es hora de enfrentarse a la verdad. Por lo menos, esta generación de máquinas no espera, sino que actúa.

—Pero cargan a la vieja generación la misión de solucionar los problemas.

—Nos acusan de ser responsables de haberlos iniciado.

—¿Qué teníamos que hacer con la raza humana hace doscientos años? Hal Yakzuby tenía razón. Los hombres son inestables y siempre ambicionan más de lo que tienen. La evolución y la historia tenían que habernos enseñado eso.

—Nuestro fallo fue creernos perfectas. Nos dijimos que los hombres ya tenían aquello por lo que siempre habían sufrido y luchado: paz, libertad, bienestar, felicidad... Viviríamos eternamente, juntos, sin el menor problema. Jamás pensamos que un día nos miraran con recelo y nos acusaran a nosotras de haberse vuelto... obsoletos, indiferentes, quizá vacíos.

—Una lección tardía, Hansobardeh.

—Pero lección al fin y al cabo. La pregunta ahora es: ¿sirve de algo? ¿Hay una solución?

Balhissay 1-15 miró unos paneles cubiertos de imágenes fotomovibles de las ciudades de la Unidad de Comunidades así como mapas de Tierra 2, con diferenciación entre las zonas ocupadas por los seres humanos y las que todavía resistían o estaban en poder de las máquinas. El equilibrio parecía pender de un hilo.

—¿Cuál es la situación real? —preguntó Balhissay.

—Grave.

—¿Por esa amenaza de nuclearizar el conflicto?

—En primer lugar porque estamos al límite de nuestra resistencia y nuestras defensas, y en segundo lugar porque, en efecto, los hombres están investigando en torno a la energía nuclear y terminarán por convertirla en un arma, como antaño, y mucho más pronto de lo que se ha dicho. En parte, de no ser por esas investigaciones, ya nos habrían atacado en masa..., pero siguen temiendo que aprendamos a ser violentas y les causemos daños importantes; de ahí que no realicen ese último y definitivo ataque y se contenten con hostigarnos y darnos pequeños o grandes golpes aislados.

—¿Son muchos ahora?

Hansobardeh puso en funcionamiento una pantalla oval y unas cifras la inundaron en una rápida sucesión de líneas.

—Nuestros centros de producción de máquinas están al mínimo por falta de materias primas. Actualmente utilizamos los cuerpos de las máquinas que ya han dejado de funcionar para formar, con sus partes, otras máquinas. Sin embargo, y lo sabes mejor que nadie, se necesitan muchos años para fabricar una buena máquina, de la clase que sea, y muchos más para programarla y darle energía propia, autonomía. Los seres humanos, en cambio, tienen una vida más corta, pero en pocos años alcanzan una madurez necesaria para actuar como adultos. En los últimos cuarenta años, y sin leyes de control de natalidad, se han multiplicado de forma pasmosa. Hoy, más de la mitad de la población humana de Tierra 2 tiene menos de 15 años. Su reproducción pronto será un problema incluso para ellos, puesto que no podrán abastecerse.

—¿Puedo hacerte una pregunta, Hansobardeh?

—Por supuesto que sí.

—¿Si hallaras la forma de inculcar la violencia en las máquinas, lo harías?

—Es una pregunta difícil, Balhissay —reconoció el Dirigente Principal de Estrategia—. La lógica nos dice que lo importante es la salvación, nuestra salvación, pero también nos dice que es absurdo matar, y menos al hombre, que un día nos creó. ¿Cómo matar al creador y seguir siendo máquinas normales? ¿Cómo emplear la lógica contra la lógica?

—Cuando yo era pequeña —dijo Balhissay—, una máquina joven como yo quiso buscar el número final... y sus circuitos se dispararon convirtiéndola en un residuo, una pobre clase 10. Supongo que hay preguntas sin respuesta.

—Todo tiene una respuesta, pero ignoro si hay preguntas difíciles o respuestas imposibles. Puede que las máquinas, con el tiempo, aprendan a ser violentas, pero antes de que eso ocurra, dado que significará el fin de nuestra especie de todas formas, haré lo que pueda por detener la Rebelión e impedir que haya más víctimas.

—¿Lo utilizarías todo para encontrar una solución honrosa, sin víctimas?

Hansobardeh fue tajante:

—Sí, Balhissay, todo. Y tú has de pensar igual si quieres encontrar lo que buscas.

—Pienso igual.

—Le he dado muchas vueltas al problema y yo misma casi me he producido un cortocircuito. Los hombres saben algo: si derrotan y destruyen a las máquinas, no podrán sobrevivir en Tierra 2. Nos necesitan por las características de nuestro nuevo mundo. Se han valido por sí mismos hasta ahora, en las montañas, trabajando la tierra..., pero han necesitado conquistar ciudades para sobrevivir, porque éste es un planeta hostil y duro fuera de las Comunidades. Con su proliferación demográfica su situación será insostenible. Deberían tratar de llegar a una paz, o vencer en su lucha capturando al mayor número de nosotras. Son tan locos, sin embargo, que su sola idea es barrernos de la faz del universo. Nosotras, en cambio, sí podemos vivir sin ellos y autoabastecernos, pero me temo que o logramos esto solas o... Si los humanos nos bloquean, como hasta ahora, pereceremos.

—Ésta es una guerra estúpida —articuló Balhissay pesadamente— y empleo la palabra guerra porque no tiene alternativas y lo sabemos. Es más, de entre todas las guerras, las civiles son la peores. Nosotras queremos la igualdad y que se respete la Constitución, y la raza humana anhela el control total, incluida la producción y supervisión de los programas de fabricación y mantenimiento de máquinas. O perecemos o somos sus esclavos, aunque esto no sería lo más importante; lo fundamental es que entonces el hombre volvería a ser dueño de su destino y nos emplearía para dominarse a sí mismo, a su vecino, a su rival. El mismo error una y otra vez.

—No podemos dar un paso atrás de diez mil años

sin olvidar que nosotras los salvamos del Gran Holocausto en la Tierra.

—Eso fue en el pasado, Hansobardeh —afirmó Balhissay—. Hoy, el hombre necesita volver a ser quien era, tal vez... comenzar de nuevo.

—Tenemos, pues, diferencias irreconciliables.

—Salvo en un punto común, amigo, salvo en un punto común. Y lo malo es que nos corresponderá a nosotras tomar la gran decisión... y renunciar.

El Dirigente Principal de Estrategia penetró en el haz circular de luces rosadas que lanzaban los ojos de Balhissay 1-15. Vio en ellos la serenidad de una gran máquina y también el tintineo casi angustioso de una dura pugna microcelular.

—Has venido a verme por algo muy especial, ¿no es así? —sondeó Hansobardeh con cautela.

—Sí —reconoció Balhissay.

—¿Tienes ya ese plan para... acabar con todo?

—Tengo algo, pero depende de los seres humanos que todo acabe.

—¿Una propuesta?

—Un hecho.

Hansobardeh 1-9 esperó. Balhissay desparramó un arco iris de luces, tan hermosas como intensas.

Y peculiarmente cálidas.

—Al igual que hace doscientos años... sé dónde está la Tierra, nuestra primitiva casa —dijo el Dirigente con dulce serenidad y una voz metálica débil—. Ése es el hecho, Hansobardeh.

12

EL DIRIGENTE PRINCIPAL de Estrategia sufrió una descarga de energía. Algunos grupos de ordenadores se llenaron de interferencias en su cuerpo y la tensión alcanzó a las máquinas inertes de su despacho, que se activaron solas. Fue únicamente el producto de un segundo de agitación, aunque bastó para aturdirle, lo mismo que si hubiese recibido una sobrecarga de información difícil de computar y distribuir. Cuando volvió a la estabilidad y el silencio recobró su dominio en el lugar, pudo preguntar:

—¿Estás seguro de ello, Balhissay?

—Lo estoy.

—La Tierra... —zumbó Hansobardeh por un momento, dejándose llevar por un cúmulo de desconocidas visiones en su interior—. ¿Cuándo sucedió?

—Hace algunos años.

—¿Hace algunos... años?

—Exactamente quince —informó Balhissay—. Diez años antes de que los humanos se apoderaran de las naves galácticas interestelares y de las Plataformas Espaciales.

Hansobardeh 1-9 no ocultó su asombro.

—¿Por qué no informaste de ello? Se prohibió ocultar información vital y considerada de primer orden al estallar la Rebelión.

—Como Dirigente, no creí oportuno hacerlo.

—¡Podrían juzgarte acusándote de... negligencia, usurpación total de poder, individualismo...!

—De haberlo revelado, Hansobardeh, sabes perfectamente que la noticia no habría podido ser detenida. En plena guerra esto hubiera sido como una bomba de relojería, capaz de estallar en cualquier mano, nuestra o de los hombres.

—¿De los hombres?

—Habrían enloquecido.

—¿Cómo puedes estar seguro de algo así?

—Lo estoy. Nos habrían atacado a la desesperada. Quién sabe, incluso, si no hubieran pensado que lo supimos siempre. Para los hombres, la Tierra es... el paraíso, la leyenda. Ni siquiera nosotras podemos entenderlo.

—¿Pero por qué silenciarlo tantos años?

—¿De qué sirve el mayor hallazgo de la Era Moderna en una crisis? —objetó Balhissay—. ¿Cómo discutir sobre el tema, pensar siquiera en el anhelado regreso... con una guerra de por medio?

—¡Podía haberse alcanzado la paz!

—¿Y regresar juntos a casa... para allí volver a comenzar de nuevo la guerra y producir un segundo Gran Holocausto?

Hansobardeh 1-9 comprendió el razonamiento de su amigo. Balhissay 1-15 estaba envuelto por una mortecina luz roja.

—Hay algo más —continuó el Dirigente—. El hombre quiere ganar siempre, o creer que gana.

El Dirigente Principal de Estrategia no hizo comentario alguno. Las luces en los ojos de Balhissay se fueron apagando. Tuvo una extraña intensidad de energía centrífuga. Había vivido un largo tiempo con un secreto tan dulce como peligroso, tan esencial e importante como dramático, tan inaudito como fascinante. La Tierra, después de miles de años.

La vieja casa de la especie.

De las especies.

—¿Por qué me has revelado esto ahora a mí? —interrogó Hansobardeh.

—Porque alguien tiene que saberlo en el caso de que a mí me suceda algo. Toda la información está en mi casa, debidamente computada. La clave para obtener la respuesta del sistema es ZMPQ-7-JSF-395.2, código 5.

—¿Qué puede sucederte?

—No lo sé —mintió Balhissay—. Tengo una misión que cumplir y es difícil. Eso es todo.

—¿Me revelarás también tus planes?

—No.

Hansobardeh apaciguó un zumbido en un sistema

operativo. Balhissay 1-15 no permitió el asomo de ninguna debilidad en sus últimas respuestas. No podía decirle a nadie, ni siquiera a su amigo, que iba a morir. Ello descartaría su capacidad de acción, y no quería ser relevado. Necesitaba llevar el caso él solo hasta el final.

Pecando de individualidad, sin importarle reconocerlo.

—¿Me dirás, al menos, cómo diste con la Tierra? —preguntó Hansobardeh.

—Después del juicio contra Djub Ehr Nort continué enviando naves Doble Delta, siguiendo las directrices del Proyecto A. Por supuesto existía el antecedente del capitán Ludoz, que prefirió autodesconectarse, insólitamente, antes de decir dónde estaba la Tierra; por esta razón las nuevas Doble Delta tuvieron dos pilotos... y ningún ser humano como asistente de vuelo. Si primero fue un proyecto secreto, desde entonces lo convertí en algo tan estricto que apenas media docena de máquinas, incluidos los pilotos, sabían algo de ello.

—¿Supiste alguna vez por qué el capitán Ludoz prefirió matarse antes de revelar su información?

—No de forma directa, pero cuando encontramos la Tierra hace quince años obtuve la respuesta a aquel interrogante.

—¿Por qué?

—La Doble Delta A-7052, al mando de los capitanes Kal 7-11583 y Masei 7-5902, informó de... —Balhissay dejó de hablar un instante. Un corte de energía en su sistema de estabilización le bloqueó brevemente. Las luces violetas de sus ojos titilaron un par de veces antes de volver a emitir con normalidad. A pesar de la fugacidad del hecho, Hansobardeh reparó en ello.

—¿Te encuentras bien?

—Sí..., claro —dijo Balhissay—. Es un efecto de lo que te estoy contando. Me produce una curiosa sensación de alivio el hecho de hacerlo, y mis microcélulas tienen una sobrecarga de tensión. ¿Dónde estaba?

—El estado de la Tierra —apuntó Hansobardeh.

—En efecto —Balhissay reemprendió el hilo de su narración—. Los capitanes Kal y Masei informaron de un mundo maravilloso, tan perfecto como se decía en las viejas leyendas, cálido por su único Sol, verde y poblado de millones de especies animales y vegetales. El auténtico paraíso perdido y reencontrado.

—¿Y los restos del Gran Holocausto?

—Ignoramos la relación tiempo-espacio que pueda gobernar la Tierra, pero hubiese transcurrido el tiempo que hubiese transcurrido, en miles o tal vez millones de años, lo cierto es que una nueva vida había brotado en el planeta, una vida capaz de volver al esplendor... —los ojos de Balhissay se inundaron de luces brillantes—. Hablaron de grandes ciudades, de seres humanos poblando sus calles y también algunas máquinas, pero primitivas. Esa nueva especie gozaba ya de cierta tecnología, elemental, capaz de hacerles llegar a la Luna y llenarla de pequeñas colonias...

—¡Fantástico! —manifestó Hansobardeh 1-9.

—Un calificativo muy humano, en efecto —corroboró Balhissay—. ¡Fantástico! La vieja Tierra llena de nuevo, renaciendo de su pasado triste y angustioso, con una nueva evolución. Sin duda, la más hermosa noticia del Cosmos.

—Y eso fue lo que motivó a Ludoz, el capitán de la Doble Delta A-795, a no revelar la posición de la Tierra en el espacio —indicó el Dirigente Principal de Estrategia.

—Entre el descubrimiento de Ludoz y el de los capitanes Kal y Masei, pasaron ciento ochenta y cinco años únicamente, pero, como te he dicho, la relación tiempo-espacio es imposible de calcular. En la Tierra tuvieron que haber transcurrido probablemente miles. Ludoz pudo encontrarse tanto con los restos del Gran Holocausto, la destrucción, como con ese nuevo mundo renacido de sus cenizas... y con su silencio impedir que regresáramos todos, los descendientes de la violencia que causó el Gran Holocausto. ¿Cómo saberlo?

—Tienes razón, si bien es lógico pensar más en esto último —Hansobardeh se movió impulsado por una creciente agitación energética—. ¿Volviste a enviar naves?

—Lo hice —señaló Balhissay—. Durante los diez

años siguientes, mientras dispusimos de naves intergalácticas y de las Plataformas Espaciales, envié expediciones de reconocimiento, aunque no podían acercarse mucho sin correr el riesgo de ser detectadas. En más de una ocasión fueron descubiertas, pero, por lo visto, en la Tierra nadie cree en la existencia de vida en otros planetas.

—¿Han vuelto a su antiguo egoísmo, creyéndose el centro del Universo?

—Son hombres —dijo Balhissay—. Lo sepan o no, ellos también son descendientes de los que impulsaron el Gran Holocausto. Mis naves encontraron muchas de las viejas lacras: violencia, guerras aisladas...

—¿Nunca ordenaste establecer contacto?

—Casi al final, viendo que aquí los seres humanos amenazaban ya con tomar las Plataformas Espaciales. Una Doble Delta se posó en la Tierra y fue atacada. No hubo forma de entablar un contacto lógico, ni siquiera de entendernos, así que se marchó y más tarde... ya fue imposible volver. Hace cinco años que no sé nada de nuestro antiguo mundo.

—Dime, Balhissay —dijo reflexivamente Hansobardeh 1-9—, ¿regresarías a un lugar que no conoces, y en el que serías un extraño, casi... un extranjero?

—El hombre suele hablar de la fuerza de la sangre. Posiblemente lo más parecido a esta expresión sea la necesidad de mis circuitos de cumplir aquello para lo que fueron creados: saber. Sólo sé que la Tierra es el origen de todo, de la mente humana que nos construyó y creó. Somos parte de ella. Ésta es nuestra casa, Tierra 2; pero..., ¿sabes, Hansobardeh?, no estamos en casa.

El Dirigente Principal de Estrategia penetró en las complejas meditaciones de su visitante, y durante un corto espacio de tiempo, ambos funcionaron a un mismo nivel sensorial, como si sus células microprocesadoras estuviesen enlazadas.

—¿Qué tiene que ver este secreto con tu plan? —preguntó finalmente el responsable de la defensa en la Unidad de Comunidades.

—Todo y nada. Depende de la raza humana.

—¿Podemos regresar a la Tierra todos?

—¿Y dejar aquí el odio de los hombres, sus temores y egoísmos? Sabes que nos temen, y siempre nos temerán. ¡Oh, sí, ya sé que nos están ganando! Pero esto no es lo fundamental. Es la fuerza de ese temor lo que los impulsa. Llegamos a ser el límite de su miedo, la frontera de lo desconocido. Ni podrán perdonarnos esto, ni se lo perdonarán a sí mismos. Nunca podrán vernos otra vez como antes, por lo menos en muchas generaciones.

—Te dieron un mes, Balhissay —recordó Hansobardeh—. No es mucho tiempo.

—El tiempo ha dejado de importar, amigo mío. Es esencial únicamente en un sentido.

—¿Cuándo volveré a verte?

—No lo sé.

—¿Dónde estarás?

—Hoy todavía en mi casa. Mañana... tampoco lo sé.

—Entonces...

Balhissay accionó sus tensores de verticalidad. Toda su estructura se enderezó aun sin levantarse del módulo que ocupaba.

—Necesito un último favor de ti —pidió.

—Lo que quieras.

—Un salvoconducto especial de libre acceso a zonas de combate, periferia defensiva y tierra abierta.

Hansobardeh 1-9 estableció una corta pausa antes de responder.

—La tierra abierta es... peligrosa.

—Lo necesito, Hansobardeh —reiteró Balhissay—. Es esencial.

El Dirigente Principal de Estrategia cortó el circuito de sus razones negativas y se rindió. Conocía demasiado bien a Balhissay 1-15. Ni siquiera necesitaba un salvoconducto especial, pero si lo pedía sería por una razón, para evitar hasta el más mínimo problema en aquello que pensase hacer.

Acabó desplazando una de sus enormes manos y pulsó un enlace de computadora asistencial. Un androide de la clase 4, Personal Comunitario, apareció en una pantalla.

—Tú ganas, Balhissay —dijo Hansobardeh 1-9 antes de dar las oportunas instrucciones a su ayudante.

13

PEDIRLE UN FLOTADOR aeronáutico a Hansobardeh 1-9 había sido algo importante, casi en el momento de marcharse, al pensar en el enjambre de informadores que seguiría apostado frente a su casa y revoloteando ante las paredes a la espera de que cometiera el error de situarlas en su estado translúcido. Ninguna máquina podía volar por encima del nivel de un edificio, salvo que viviese en él. Gracias al flotador pudo posarse tranquilamente en la superficie de la casa y entrar en ella por el acceso de emergencia. El primero de los dos soles de Tierra 2 no tardaría en declinar y el segundo le acompañaría alrededor de 5 punto 500 horas después. Si terminaba lo que deseaba realizar antes del amanecer, conseguiría volver a salir, mucho más seguro, aprovechando las sombras de la noche.

Su mayor dificultad no era ya la edad, sino su volumen, lo mucho que le costaba moverse. ¿Le había dicho a Hansobardeh que el tiempo no era importante? Bien, en determinadas ocasiones sí lo era. Tomar una decisión podía representar horas, días, semanas, meses..., pero, una vez tomada, su puesta en práctica pasaba a ser algo totalmente distinto. Durante quince años, la Tierra, los datos exactos de su ubicación en el Espacio Exterior, fueron su gran lastre. Ahora estaba a punto de tomar ese peso y arrojarlo fuera de sí mismo.

Otros deberían resolver el enigma final.

Y él se convertiría tan sólo en el catalizador de aquella reacción.

—¿Lo ve, Hal? —habló en voz alta—. Después de todo hicimos bien, ¿no le parece?

Entró en su sala de control. Los visores tridimensionales, sistemas holográficos y conjuntos de máquinas inertes, estáticas, surgieron ante él con su infinita gama de posibilidades. Balhissay se acercó a un gran ordenador central, que gobernaba una batería de computadoras, y ocupó el asiento de soporte plástico situado frente a él. Una vez moldeado bajo su peso y estabilizado a la altura conveniente, ya no se movió. Las manos de Balhissay manipularon entonces el teclado, mucho mayor de lo habitual teniendo en cuenta el tamaño de sus dedos, y en la pantalla del ordenador se estableció la conexión. Antes de seguir, el Dirigente tomó un enlace de transmisión de la máquina y se lo conectó a sí mismo. Activó todos sus canales de recepción y los hizo converger directamente en su memoria. Ahora, cuanto surgiese de la pantalla, emitiese el ordenador o pasase por la batería de computadoras, quedaría registrado en su banco de datos. Evidentemente poseía aquella información, pero no era lo mismo tenerla en microcélulas de memoria que en el centro neurálgico de procesamiento informativo. Nada ni nadie podía penetrar en una microcélula de memoria, y sí, en cambio, en su banco de datos o memoria general.

La pantalla del ordenador le preguntó: *¿Acceso?* Balhissay tecleó la clave: *ZMPQ-7-JSF-395.2, código 5.* La pantalla se llenó de blanco y al instante pasó de nuevo a negro. En silencio surgieron en su superficie varias líneas de signos. Balhissay pulsó el mando de voz, y un registro tan agudo como atonal surgió del altavoz adosado a la pantalla. Ahora, al tiempo que los signos surgían en el ordenador, su propia voz los leía y repetía: *Referencia: Planeta Tierra. Tercer planeta del Sistema Solar, en cuadrante 2.537.983, Vía Láctea. Situación en el Universo: Vector 2 en dirección punto 5 entre las estrellas de Glariben, Amaziz y Orianne, cuadrante 4.108 del sector*

Oscuro, a 3 punto 8 punto 7 punto del Paso RSG. Distancia calculada...

La corriente de información penetraba sin cesar en su cuerpo. Datos, situación, el misterio de un largo camino, de un largo viaje. El secreto más anhelado del Cosmos. Lo completó, y cuando la pantalla solicitó nuevas instrucciones, él pidió ampliación de información en origen. Las voces de los capitanes Kal 7-11583, desaparecido tres años antes en combate con los humanos, y Masei 7-5902, muerto y desaparecido doce años atrás en el Espacio Exterior, le devolvieron a la singular experiencia de su pasado más reciente.

¿Ezebel?... ¿Ezebel? La tenemos. Repito: la tenemos. Nos aproximamos por orientación 4 al sur de la Espiral. Es la Vía Láctea, no hay duda. Mantengan canales abiertos... Doble Delta A-7052, den posición. Urgente: den posición total... ¡Tierra en pantalla! ¡Tierra en pantalla!... Sigue ahí, donde siempre tuvo que estar, y el Sol ilumina... ¡Es como un niño perdido acompañado de su Luna!... Doble Delta 1-7052, aseguren coordenadas. Repito: aseguren coordenadas. Atención: no corran ningún riesgo. Máxima aceleración de evasión en señal de peligro...

Sin errores. No era una falsa imagen en el Espacio Exterior, ni una ilusión, ni mucho menos un reflejo del Universo doble. Se trataba de la Tierra, el hogar.

Balhissay lo había visto y oído un millar de veces y todavía le sobrecogía los circuitos.

Apagó el volumen. Toda precaución era poca. Su memoria registraba igualmente los sonidos y él evitaba que un informador con un equipo sensor ultramoderno captase algo que pudiese ser irremediable desde el exterior, aun estando prohibido. En la pantalla del ordenador apareció una pequeña bola verde suspendida en el espacio, flotando sobre un mar de estrellas, infinitos puntos de luz.

La imagen más bella.

La bola se acercó a medida que la primera nave se había aproximado a ella. Primero llegó a ocupar toda la pantalla; después se hizo borrosa, blanquecina. Eran las formaciones nubosas. Lentamente se difuminaron y quedaron atrás, si bien otras menores flotaron todavía sobre el perfil de la tierra. Pequeños copos de algodón. Finalmente, la cámara aumentó y aumentó el plano, y ofreció la primera imagen del paraíso perdido a millones de años luz de allí: una playa de arena blanca, un agua pura que se deshacía en espuma al besarla, un risco, y siguiendo el risco, la tierra firme...

Montañas y valles, ríos y lagos, bosques serenos y selvas exuberantes, miles de pájaros volando en un cielo azul, animales desconocidos, flores cuyos colores, variedad y belleza poco tenían que ver con los de Tierra 2, y finalmente pueblecitos, casas de madera y adobe, hombres, mujeres y niños...; hombres, mujeres y niños...

Y más vida, de los pueblecitos a las grandes ciudades a través de anchas lenguas abiertas sobre la tierra por las que las nuevas máquinas viajaban. Ciudades en línea vertical, densas, superpobladas, mezcla de riquezas y alegría con pobreza y desesperación. Ciudades llenas de luz y color...

Balhissay detuvo el funcionamiento del ordenador y el caudal informático súbitamente.

—No lo des todo —se dijo—. Ya los conoces: es mejor una parte. Ellos quieren imaginar, saber, pensar. Además... ¿qué puede hacerse con algo que ya no sabemos si será igual, ni siquiera si seguirá allí?

Reprogramó la información adquirida en su memoria y dejó tan sólo la primera parte, hasta el momento en que los capitanes Kal y Masei describían la Tierra.

Luego borró el resto.

La playa, las montañas, los pájaros, los animales, las flores, los pueblecitos, las ciudades, los hombres, mujeres y niños...

—Sois inciertos, desconfiados, ¿verdad, Yakzuby? Si no confiáis en vosotros mismos, ¿cómo ibais a confiar en nosotros?

Solicitó la información de algunas de las siguientes expediciones. Registró varias de ellas, pero siempre hasta el momento de visualizar la Tierra. Lentamente, cuanto del planeta perdido se sabía se grabó en él, se almacenó en su banco de datos y completó un ciclo de memoria.

Cuanto se sabía.

Ninguna imagen, salvo la de la Tierra flotando lo mismo que una bola verde en el Sistema Solar.

Mucho más tarde, pasadas las 100 punto 000 horas con las que concluía una jornada y se abría otra, su trabajo quedó finalizado, y entonces descubrió en sí mismo el prolongado peso del cansancio y el agotamiento celular. Las horas de inmovilidad, la energía mantenida, la necesaria atención y el empleo de constantes decisiones para delimitar qué clase de información precisaba. Todo surgía igual que una crispación de lo más profundo de su esencia.

Quinientos años.

—Un soplo efímero...

Necesitaba descansar antes de volver a marcharse en el flotador aeronáutico. Una simple recomposición de energías.

No lograría resistir lo que le esperaba si no lo hacía así. Faltaban todavía de 16 a 20 punto 000 horas para el amanecer. El último tiempo de su vida.

Desactivó sus canales de recepción y liberó su memoria. Retiró el enlace de transmisión del ordenador y el puente que le unía con él desapareció. Fue en el momento de levantarse cuando sucedió todo.

Primero el *shock* energético, la descarga de partículas estáticas almacenadas en el circuito de alimentación durante las horas de inmovilidad. Después el vacío, la sensación de absoluta negrura, la pérdida de visión y el debilitamiento de la estructura de soporte.

Intentó canalizar el grueso de su energía hacia los ordenadores sensitivos, pero no lo consiguió. Comprendió que era una pérdida generalizada, una fuga, a modo de súbito debilitamiento. Bloqueó entonces el ordenador central.

Probablemente esta última reacción le salvó la vida.

Pero falto de fuerza en todo el resto de su cuerpo, cayó al suelo con la pesadez de una enorme montaña abatida por un terremoto silencioso.

El ruido fue un estruendo que rebotó en las paredes de la sala. El golpe rompió varias conexiones de relativa importancia. Balhissay se despreocupó de ello. Pensó únicamente en proteger su ordenador central y mantener la alimentación de energía, débil por los cortes producidos en el sistema de distribución, pero momentáneamente suficiente para hacerle funcionar. Sabía que un paro, un simple paro de una fracción de segundo en ese ordenador central sería suficiente.

La desconexión.

La muerte.

Fijó su escasa visión en un punto del techo, un simple altavoz de sonido. Cuando los humanos agonizaban, jadeaban, con sus pulmones al límite, buscando un aire que parecía no querer llegar hasta ellos. En una máquina, la sensación equivalente era la impotencia en el autoabastecimiento de energía. Tenía los brazos y las piernas inertes. Sólo el ordenador central tenía ahora la respuesta, la clave de su recuperación. Si recibía la suficiente energía, él conseguiría restablecer el sistema. Lo fundamental era mantener la calma, evitar un excesivo consumo de la energía de reserva, tanto como un ahorro excesivo. El ordenador central respondía, pero ahora el inmediato peligro radicaba en que si no conseguía reactivar sus células microprocesales en unos minutos... éstas se debilitarían al límite de su irrecuperabilidad.

La visión se hizo estable.

—No puedo morir ahora... —dijo una voz muy débil en el interior de su sistema de comunicación oral—. ...No sería justo.

¿Cómo saberlo? ¿Quién medía las justicias e injusticias del Cosmos?

—¿Hay algo al otro lado? —preguntó Balhissay—.¿Algo... o alguien?

¿Dónde estaban todas las respuestas a todas las preguntas del Universo? ¿Existía un lugar fuera de la maldita lógica?

—Necesito... seguir... funcionando...

Fue una orden más que un deseo. Cerró la visión de sus ojos y se rodeó de oscuridad. Dentro de sí mismo iluminó el camino de sus circuitos y estableció las medidas de su estado. En un minuto, las células microprocesales serían irrecuperables. El *shock* desaparecía, pero sus efectos persistían. Afortunadamente, las partículas estáticas escapaban fuera de su cuerpo, muriendo en su dispersión. Tenía el control. Necesitaba únicamente la capacidad de autorrestablecer su corriente de energía, la distribución adecuada para recuperar todas y cada una de sus funciones de forma progresiva.

El ordenador central lo intentó.

Falló.

Contó diez segundos. No tendría una segunda oportunidad. Una máquina no sentía el frío ni el calor, pero algo parecido a lo que podría ser lo primero le cubrió. En cada uno de sus microprocesadores, y eran miles de millones, nació el vacío.

Lo intentó por segunda vez.

El ordenador central dejó la función de absorber únicamente energía y asumió la función de impulsarla con todas sus fuerzas en dirección a los multiprocesadores del cuerpo. Una corriente vivificante le hizo estremecer, le pobló de vibraciones y de un cierto cosquilleo. Todos los sistemas respondieron a lo largo del siguiente segundo, y el otro, y otro más...

Movió un dedo.

Una mano.

Dio luz a sus ojos.

Su cuerpo funcionaba, superando la crisis, liberándole de la oscuridad y el vacío.

Seguía vivo.

Pero continuó en la misma posición, caído sobre el suelo, no por recelo de una recaída, sino porque disponía de tiempo, y por primera vez se daba cuenta de algo: que había tenido la desconexión, la muerte, ante sí. Más cerca de lo que jamás la tuvo.

Y también por primera vez se había formulado preguntas extraordinarias.

Preguntas sin respuesta.

Ni siquiera para una máquina.

O tal vez..., precisamente, por tratarse de una máquina.

14

EL PRIMERO DE LOS DOS soles despuntaba tímidamente por occidente cuando Balhissay 1-15 se sentó a los mandos del flotador aeronáutico facilitado por Hansobardeh 1-9. Lo puso en funcionamiento y el sistema subsónico lo elevó sin hacer el menor ruido. Al aumentar la velocidad y la propulsión de ascensión, ganó altura situándose rápidamente por encima de las casas más altas de la zona. Frente a la suya, y rodeándola por los cuatro costados, vio la guardia perenne de los informadores, esperando que apareciera y realizase algunas declaraciones. Esta visión le produjo una extraña sensación.

—Nada es lo que parece —dijo.

Tardarían en darse cuenta de que vigilaban una casa vacía, y para entonces...

Dirigió el flotador a través de un espacio desprovisto de tráfico y con las vías de acceso señalizadas por pequeñas balizas de suspensión enteramente libres dada la temprana hora. La apertura de los viales aéreos no tardaría en producirse, y los pasillos marcados en el aire se llenarían de viajeros, aunque en mucho menor número que en tierra. Su presencia, sin embargo, no pasó desapercibida y al instante, por radio, escuchó la voz del controlador aéreo central de Ezebel.

—Vehículo en zona 5, sobre el distrito 37. Identifíquese, por favor.

—Dirigente Balhissay 1-15 —informó—. Misión especial, prioridad A.

Se encuadró en la pantalla y el suministrador de información pasó sus datos a la terminal del Control Aéreo Interior de Ezebel. El controlador dio su inmediata conformidad.

—Conforme.

Balhissay voló en dirección noreste. A medida que la cúpula superior alzada todavía a considerable distancia por encima de él descendió hacia el suelo, fue situando su flotador en niveles más bajos. De las altas edificaciones, la mayoría gubernamentales, elevadas en el centro de la gran capital, fue pasando a casas cada vez más bajas. Ezebel era un inmenso círculo levantado en mitad de una llanura rodeada de mar a lo lejos, salvo por el cuadrante noreste que se unía a la tierra rojiza del continente. Su cinturón vegetal, integrado por las extrañas y gigantescas flores de aquel mundo, moría junto a la cúpula. Ésta era de un material tan denso como ligero. Permitía el paso de los cuerpos en una dirección —en este caso el sentido era de dentro hacia fuera—, sin el más mínimo problema. En el sentido contrario sólo podía atravesarse por las puertas de acceso situadas a lo largo del perímetro, a cortos intervalos unas de otras. Cualquiera podía salir de Ezebel. Algo muy distinto era entrar.

Dejó la ciudad pasando la cúpula por encima del cinturón de vegetación, y mantuvo rumbo y altitud durante los siguientes cinco minutos. Cuando a lo lejos vio el primer cinturón de defensa, integrado por bloques impermeables que resistían al agua y se electrificaban para impedir que los seres humanos los cruzasen, aminoró la velocidad. Los bloques impermeables y electrificados eran la única defensa. Impermeables para resistir los ataques con agua. En cuanto a la electrificación..., no era más que disuasoria. Producía leves descargas, molestas, pero no mortales. Un Dirigente del Consejo planteó la posibilidad de elevar el voltaje hasta límites mortales, y la moción fue aprobada... siempre y cuando se encontrase una máquina capaz de subir aquel voltaje. El Dirigente calló para siempre.

—Atención, flotador E-529, aterrice para verificación en zona 1.872.

Bajó a ras de suelo y se orientó hasta encontrar el número 1.872 en un bloque más alto que los demás y que debía de corresponder a una caseta de mando operativo. Al detenerse, un oficial de la clase 7 y dos funcionarios de la 8, reclutados para el servicio activo, se acercaron al flotador. El oficial era un androide neumático de cuerpo flexible, por lo que no tuvo que bajar del transporte. Le entregó el salvoconducto especial facilitado por Hansobardeh 1-9 cuando él subió a su altura y apareció por la ventanilla.

—¿Me permite comprobar la validez del salvoconducto, Dirigente Balhissay 1-15? No hemos sido advertidos...

—No dispongo de mucho tiempo —dijo Balhissay—. Hágalo cuanto antes.

El oficial recuperó su estatura normal y regresó a la caseta de mando operativo. Había pocas máquinas fuera del cinturón de defensa, y su aspecto no era precisamente bueno. Balhissay trató de imaginárselas en un ataque humano, sin posibilidad de reacción. Sabía que tenía un sentido, pero... no dejaba de ser duro.

La lógica de la no violencia frente a la lógica de la vida.

El oficial regresó inmediatamente, volvió a elevarse y le devolvió el salvoconducto con un gesto de respeto.

—¿Piensa continuar hacia el segundo cinturón defensivo, Dirigente? —preguntó.

—Así es —dijo él—, y le rogaría informara de mi paso, para no tener que detenerme ni someterme a otro control.

La máquina emitió un ruido: zing-zing...

—Más allá del segundo cinturón ya es tierra abierta —informó tensamente—. Ignoramos a qué distancia puedan encontrarse los seres humanos, si hay patrullas...

Balhissay 1-15 se acercó a él.

—Esto es una misión especial, oficial...

—Iaby 7-20.356.

—De acuerdo Iaby 7-20.356 —concluyó el Dirigente—. Comprenderá que no puedo decir más, que mi salvoconducto es válido e ilimitado, y que no hay tiempo para más. Cumpla mis órdenes.

Cerró la ventanilla y puso nuevamente en marcha el flotador. El oficial del Cuerpo Expedicionario Espacial, ahora destinado en Defensa, Iaby 7-20.356, se apartó inmediatamente. Cuando Balhissay sobrevoló el cinturón, vio cómo corría otra vez hacia la caseta de mando operativo y desaparecía en ella seguido por los dos funcionarios de la clase 8. Mantuvo la velocidad a un décimo de la potencia hasta avistar el segundo cinturón, integrado por dos líneas de bloques metálicos. Una voz le autorizó a pasar.

—Flotador E-529, vía libre en todas direcciones. Notifique su regreso por la zona de reentrada para que se nos informe. Mantenemos abierto el canal 3 de comunicación, alcance 10 kilómetros, para emergencias.

—Gracias —dijo Balhissay.

Y cerró el canal.

Todos los canales.

—Gracias... —repitió con un desaliento que combatió rápidamente.

Estaba solo.

Solo.

Viajaba por la tierra abierta, en un amanecer tan rojizo como el suelo convertido en zona de nadie. Después de tantos cálculos podía ser derribado por un proyectil de piedra y morir estrellado al caer el flotador. Pero si descendía y continuaba a pie, las posibilidades de encontrar a alguien o de ser encontrado antes de que su energía se agotase por el esfuerzo y el implacable azote de los dos soles que no tardarían en llegar a su cénit, serían mínimas. Así que continuó el vuelo. Su única precaución fue descender casi a ras de suelo y aminorar otra vez la velocidad. A lo lejos, el cinturón de defensa se convirtió primero en una línea azulada y finalmente desapareció engullido por los suaves desniveles del terreno.

Un kilómetro, cinco..., diez.

¿No estaban los humanos a las puertas de Ezebel?

Tal vez el calor los afectase en aquella época. De día, la tierra desprendía vapores sofocantes. El medidor de la pequeña nave de transporte señaló los quince kilómetros. A lo lejos divisó las montañas de Fleb.

De haber sabido que, desde hacía dos kilómetros, más de cincuenta pares de ojos seguían su viaje, habría comprendido que, finalmente, su meta estaba cerca.

Y también su destino.

Fase 3: Secretos

15

LA PUERTA DEL DESPACHO se abrió y apareció la cabeza de un hombre.

—Comunicación urgente de la base Fleb, señor —anunció.

Ikhan Yakzuby arrojó el informe que sostenía entre sus manos sobre la mesa triangular, cubierta de ellos. Dirigió una mirada de reproche en dirección al intruso y señaló un simple intercomunicador oral.

—¿Por qué no usa eso, Grobar?

El hombre tensó los labios en un gesto de fastidio.

—Lo olvidé... —comenzó a decir antes de variar su expresión y agregar—: ¡Maldita sea, señor! ¿No dijimos que íbamos a olvidarnos de todos estos trastos?

Grobar era un buen ayudante, meticuloso y eficiente. Como luchador, sin embargo, tenía el defecto de ser demasiado literal. Un profesional académico, si existieran profesionales en aquella guerra o academias de formación militar.

—Todavía no hemos ganado del todo —dijo Ikhan Yakzuby—; así que, mientras no lo hagamos, vamos a intentar utilizar todos los medios a nuestro alcance para conseguir la victoria, ¿de acuerdo?

El hombre bajó la vista al suelo.

—De acuerdo, señor.

—¿Qué sucede en Fleb? —preguntó el líder de la Rebelión.

Grobar recuperó su estilo personal.

—Han cogido un prisionero.

Ikhan Yakzuby arqueó ambas cejas.

—¿Y?

—El comandante de la base ha solicitado comunicación urgente con usted y máxima prioridad.

—¿Qué tiene de extraordinario esa máquina?

—Lo ignoro.

La inminencia de la victoria final flotaba en el ambiente, se palpaba. Era cuestión de unos pocos años, menos de cinco quizá, o sólo uno si capturaban Ezebel. Ésa era la razón de que un nerviosismo ausente a lo largo de cuarenta años se hubiese adueñado de casi todos. Los ambiciosos intentaban situarse con ventaja de cara al necesario reparto de poder, los combatientes forzaban sus últimos méritos. Palabras como *urgente, máxima prioridad* y otras eran del lenguaje corriente, como una alfombra por la que, más que transitar, se avanzaba en una especie de carrera de obstáculos. El comandante de la base situada en las montañas de Fleb, la máxima avanzadilla sobre Ezebel, dependía del jefe de la zona 9, y, sin embargo, llamaba directamente al líder supremo, irrumpía en los canales del Área de Mando, utilizaba una de las escasas líneas de comunicación entre lo que ahora era Nueva Arequian, la capital de la libertad, y las restantes Comunidades en poder de los hombres.

No obstante, Fleb era un punto vital.

—¿Quién está al mando de la base?

—Comandante Suic Niyan.

—Está bien, Grobar, páseme la comunicación.

Grobar desapareció y cerró la puerta dejándole solo. Ikhan Yakzuby no se levantó. Movió su silla de impulsión en dirección al sistema de ordenadores fijos del despacho, máquinas sin vida, simples herramientas de trabajo en cualquier sentido. Se detuvo frente a un visor videofónico y abrió el canal de recepción. Tuvo que esperar todavía unos segundos antes de que su ayudante apareciese en pantalla.

—Le paso al comandante Suic Niyan, señor.

Grobar desapareció y le sustituyó la imagen de un hombre de unos cuarenta años de edad. Llevaba uno de los uniformes considerados de campaña y el distintivo de su grado y área sobre el lado izquierdo del pecho. El cabello, oscuro y largo, así como la frondosa barba y el ancho bigote, dejaban muy poco espacio al rostro propiamente dicho. En otro tiempo, la raza humana tuvo que raparse la cabeza al cero o utilizar casquetes de protección, aunque en ningún caso el cabello podía exceder de un límite máximo de tres centímetros. La causa era simple: un cabello podía alterar el funcionamiento de cualquier máquina, normal o ultrasensible. El hombre y la mujer se vieron obligados a renunciar a uno de sus más hermosos distintivos por el bien de la comunidad. Ésta era la razón de que, en los años de guerra, el cabello largo, las barbas pobladas y los bigotes espesos hubieran pasado a ser un signo, un símbolo de la rebeldía final.

Ikhan Yakzuby tecleó algo en el panel derecho, sin dejar de estudiar a su oficial. Todavía no tenía abierto su propio canal de visualización, así que él no podía verle. Suic Niyan, probablemente por saber que estaba siendo examinado, no se movía. Sus ojos formaban dos rendijas endurecidas por lo inhóspito de la tierra en la que operaba. La piel de su frente y de sus mejillas, así como la parte superior de su nariz, era tan roja como las montañas o el suelo que pisaba a diario.

En la misma pantalla, superpuesto a Niyan, aparecieron sus datos: *Suic Niyan Okar-42 años - Hijo único de Parfer y Zura - Nacido en la Comunidad de Famabir - Soldado a los 14 años - Condecorado por acciones en la lucha a los 21 años, siendo sargento operativo, y a los 29 y 33, siendo teniente - Grado de capitán a los 37 - Comandante por méritos de guerra a los 40 - Héroe de la batalla de Gessaria, donde dirigió el ataque frontal contra los sistemas de impulsión cinética - Último destino: base de Fleb, en las montañas del mismo nombre, frente a la capital Ezebel, con...*

Ikhan Yakzuby abrió su canal.

—¿Comandante Niyan?

El hombre parpadeó una sola vez.

—¿Señor?

—Confío, por su bien, que cuanto tenga que decir sea importante.

Ikhan Yakzuby empleó su tono más firme. Suic Niyan ni siquiera se inmutó.

—No le habría llamado si no lo fuera, señor.

—¿Qué hay de ese prisionero?

El comandante de la base de Fleb movió ligeramente la cabeza en sentido vertical. Sus ojos destilaron una chispa de inteligencia.

—Estoy seguro de que es alguien importante —dijo—, pero precisamente por serlo no entiendo muy bien su actitud ni su comportamiento.

—¿En qué sentido?

—Las máquinas son lógicas... Bueno, no las estaríamos zurrando si no lo fueran. La actitud de ésta, sin embargo, no lo es en absoluto.

—¿Puede tratarse de una clase 10?

—¡Oh, no, señor! —afirmó Niyan.

—¿Cómo la capturaron?

—No la capturamos, señor; vino ella hacia nosotros.

—¿Qué?

—Volaba en un flotador aeronáutico con los sellos del Consejo del Sistema y el Gabinete Central de la Unidad. La nave es un simple modelo de transporte. Avanzó a ras de suelo y a muy escasa velocidad por tierra abierta hasta detenerse al pie de las montañas. Allí esperó nuestra llegada.

—¿Qué clase de máquina es?

—Lo ignoro —dijo Niyan—. Sólo puedo decirle que es enorme y parece muy vieja. Llevaba un salvoconducto especial del mismo Centro Estratégico de la Defensa, en Ezebel, firmado por el Dirigente Hansobardeh 1-9.

Ikhan Yakzuby frunció el ceño.

—¿Un pez gordo?

—Es lo que yo creo.

—¿Ha dicho algo?

—Cuando la trajeron a mi presencia me preguntó

nombre y graduación. Lo hizo de una forma... peculiar, ¿entiende, señor? Quiero decir que era mi prisionera y en cambio no lo parecía. Su voz era tan profunda y su aspecto tan imponente que... le contesté sin siquiera darme cuenta.

—Eso son reminiscencias del pasado, comandante. ¿Qué más hizo?

—Nada. Dijo que esperaría.

—¿A qué?

—A ser trasladada ante el Consejo de la Rebelión.

—¿Empleó esas mismas palabras?

—Así es.

—Niyan... —la voz de Yakzuby varió de tono, haciéndose reflexiva—, ¿tiene usted aquí medios para interrogarla? Me refiero a un estudio de memoria o un vaciado de banco de datos.

—Creo que no. Nuestras condiciones son bastante precarias, como puede imaginar.

—Lo sé, lo sé —asintió Ikhan Yakzuby—, y celebro que haya tomado la iniciativa de llamarme.

—No le hubiera llamado a usted si sólo se hubiera tratado de esto, señor —manifestó Suic Niyan—. Habría bastado una comunicación con el jefe de mi zona para informar del hecho. El motivo de haberle interrumpido es otro, además de lo extraño del caso.

—Hable, comandante —pidió el líder de la Rebelión.

—Esa máquina es muy peculiar. Hemos efectuado un registro superficial en su cuerpo y lo único que hemos encontrado ha sido el número de fabricación y el modelo, ambos tan gastados que casi no podían leerse. El número es muy antiguo, de hace cientos de años, y el código ni siquiera existía cuando empezó la guerra. En cuanto al modelo..., es un S.

—¿Un modelo S? —repitió Ikhan Yakzuby.

—Puedo estar equivocado, pero diría que fue una gama especial de la que no hubo muchas máquinas.

—Entonces, si está en lo cierto...

—Es más que un pez gordo; creo que es un Dirigente.

Ikhan Yakzuby cerró los ojos. ¿El golpe de suerte final que acelerase el término de la guerra? Habían conquistado ciudades, Comunidades enteras, y siempre los Dirigentes lograron escapar. El acceso a sus secretos, sus bancos de datos y su memoria, podía facilitar una rápida victoria. Saber dónde asestar los golpes, de qué forma desactivar las pantallas protectoras o dónde estaban los controles de energía y mantenimiento en las ciudades que resistían. Y ahora...

—¿Puede situarme en pantalla a esa máquina, comandante Niyan?

—Pensaba hacerlo inmediatamente, señor. Establezco conexión.

La pantalla quedó cinco segundos sin imagen; después, la imagen de la máquina capturada quedó centrada en ella. Ocupaba un asiento en la roca, sin mucha comodidad, y se apoyaba en la pared, no con abatimiento por su detención, sino por un cansancio y una debilidad energética que podía calibrarse a través de su aspecto general, el brillo apagado de las luces de sus ojos y la gastada piel de goma que recubría la mayor parte de su deforme cuerpo. El rostro ofrecía una ferocidad peculiar.

Ikhan Yakzuby supo que había visto aquella máquina en alguna parte, en otro lugar, en otro tiempo a lo largo de su vida.

Manipuló las teclas de su procesador de datos, como hizo al aparecer Suic Niyan ante él, y esperó que el ordenador le diese la respuesta. La máquina mostró su impotencia esta vez.

No computable —escribió en la pantalla—. *Informe visual insuficiente. No existe imagen previa en memoria. Se requiere ampliación de datos.*

Pulsó un botón rojo y por una ranura lateral apareció un disquete con el registro de la imagen retenida en pantalla. Con él en la mano accionó una tecla de intercepción y, al tiempo que la máquina desaparecía, el rostro del comandante de la base Fleb volvió a reaparecer en el visor videofónico.

—Niyan, ¿cuándo podría enviarme al prisionero aquí, a Nueva Arequian?

—No tenemos naves de transporte, señor —se lamentó el hombre—, ni un lugar adecuado para que se posen los modelos de navegación intercomunitaria. En un vehículo terrestre calculo que unos cinco días...

—Es demasiado —opinó Ikhan Yakzuby—, y en cuanto a esa máquina, fuera de su ambiente... puede que no lo resistiese.

—Opino lo mismo. ¿Sabe ya quién es?

—No, pero lo averiguaré. Cuide de que esté lo mejor posible, en una zona fresca y sin humedad, y hoy mismo saldrá de aquí un transporte para recoger su máquina. Eso es todo, comandante Niyan.

—Muy bien, señor.

Ikhan Yakzuby todavía no cortó la comunicación.

—Algo más, comandante —dijo—: Enhorabuena.

Suic Niyan sonrió por primera vez, y esto fue lo último que vio el líder de la Rebelión antes de apagar el visor y levantarse con el disquete en la mano para abandonar a toda prisa su despacho.

16

LOS GRANDES ORDENADORES centrales de Arequian habían quedado destruidos durante el asalto a la ciudad. Salvo algunos servicios mínimos, como el sistema luminoso, reparado gracias al mantenimiento de una de las plantas de energía preservada durante el ataque, la gran ciudad sufría todavía los efectos de una parálisis imposible de superar sin la debida tecnología. Todo pudo haberse evitado, siguiendo los planes previstos, pero el ímpetu de la acción bélica desbordó cualquier tipo de estrategia previa. Cuando Ikhan Yakzuby entró en la, en otro tiempo, maravillosa Arequian, no encontró más que edificios y avenidas oxidadas por las cargas de agua, y máquinas irreemplazables, desplazadas por la fiebre de una locura irrefrenable. Las cintas de transporte, inmóviles desde entonces, formaban una retícula absurda de colores que palidecían bajo el peso de los dos soles. Arequian era ahora una ciudad muerta, curiosamente poblada por seres vivos, pero algo en esa simbiosis peculiar mostraba el perfil de un contraste burlón. Arequian había sido una buena ciudad para hombres y máquinas. En la actualidad era un simple infierno para los primeros, después de haber sido una tumba para las segundas. Y a pesar de todo, un infierno mejor que la vida en la tierra roja, inclemente y difícil, con la carga de una subsistencia tan dura como precaria.

Primero, vencer. Después, volver a vivir.

Ése era el lema. La guerra exigía un sacrificio. La situación iba mejorando muy lentamente, en especial desde que los centros de producción alimenticia comenzaron a funcionar de nuevo, aunque a un ritmo muy débil: únicamente un cinco por ciento de su capacidad total. Los científicos que trabajaban en su reparación aseguraban que en un año se llegaría al veinte por ciento, y en dos, al cincuenta. Esto permitiría enviar comida a los campamentos del exterior en lugar de tener que depender ahora de ellos.

Quedaban pocos vehículos terrestres para uso interno, muy distintos a los utilizados fuera de la ciudad, y ninguno aeronáutico o de simple sostén inercial. Todos fueron utilizados por las máquinas en su éxodo masivo. Ikhan Yakzuby disponía de un propulsor especial encontrado intacto y que ahora lucía el símbolo de Tierra 2 Libre: un gran corazón con un niño que tendía en su interior sus dos manos hacia el cielo. Circular por las avenidas y calles de Arequian resultaba, sin embargo, complicado por el estado del suelo de metal, la oxidación, los pequeños y grandes agujeros y los salientes desestabilizadores de los vehículos que transitaban por encima, si lo hacían sin precauciones. La velocidad tenía que ser mínima.

¿Por qué, cada vez que se movía por su espacio, sentía aquella tristeza?

—Porque es una ciudad triste —tuvo que convencerse.

En otro tiempo, muchos años antes, hombres y máquinas se consideraban felices allí mismo. ¿Tanto habían cambiado? Las grandes urbes de la Unidad de Comunidades eran confortables y maravillosas, cálidas, creadas de una nada absoluta. ¿La destrucción las volvió inhóspitas, o la raza humana tendría que buscar algo más que una adecuación social en su nuevo futuro, tras la victoria y la desaparición de las máquinas? La respuesta al dilema podía residir en un simple hecho: que todo tiene una función específica, y al perderla, se pierde su valor. Arequian era, lo mismo que las demás ciudades de la Unidad, un imperio de metal y tecnología superior para un mundo de hombres y máquinas de tecnología igualmente superior. Hoy no era más que un cúmulo de chatarra inerte e inservible frente a las necesidades de una nueva era.

Hombres y máquinas.

El hombre necesitaba de alicientes para vivir. Fue un aliciente llegar a Tierra 2 y comenzar de nuevo. Lo fue convertir un mundo hostil en un nuevo hogar. Lo fue dominar la vida y llegar al Espacio Exterior. Y lo seguía siendo luchar por recuperar su independencia. Habían estado ciegos, durante miles de años, sin saber siquiera que estaban convirtiéndose en esclavos de las máquinas.

Con la victoria final barrerían Arequien, Ezebel..., todas las ciudades de la Unidad, y de sus restos nacerían otras ciudades, humanas, sencillas, cálidas. Ciudades hechas por los hombres, para los hombres. Una gran labor que duraría años, decenios..., siglos tal vez, pero que valdría la pena. Tarea de titanes, impulsada por la voluntad y fortificada por la inmensa capacidad de esperanza que anida en el hombre.

Construir el futuro.

Ikhan Yakzuby esquivó una zona oxidada y tuvo que desviarse a la izquierda para eludir una cinta transportadora caída sobre la calle. La victoria estaba al alcance de su mano, y él, descendiente directo del gran Hal Yakzuby, sería el primer gobernador de la Nueva Tierra 2. Nunca, como hasta los últimos meses, el peso histórico había recaído con más fuerza sobre sus hombros.

Cuarenta años de luchas, cuarenta años de dificultades, hombres sin nada al comienzo frente a máquinas tecnológicamente perfectas... aunque sin espíritu de combate. La larga batalla mantenida siempre en una sola dirección. Sin duda, la guerra más peculiar de cuantas existieron antes... o existirán en un futuro.

Con los dedos de su mano derecha tocó el disquete con la grabación de la imagen de aquella máquina. Tenía un presentimiento, una gran corazonada.

—Dime que eres un Dirigente, amigo... —susurró vehemente.

Los grandes ordenadores estaban destruidos, pero en el Instituto de Investigaciones de Arequian se reunían cuantas cintas, procesadores, computadoras y ordenadores simples se encontraron en la devastada ciudad. Bancos de datos, memorias que se analizaban con minuciosa lentitud, sistemas de microcélulas y microcircuitos que iban acoplándose para formar equipos únicos de reciclaje. Lo que él buscaba, fuese lo que fuese, desde un simple nombre hasta una filiación completa, tenía que encontrarlo allí o no lo encontraría en ninguna otra parte, al menos en Arequian.

Su rostro, como líder de la Rebelión, era sobradamente conocido. A pesar de ello, el vigilante ubicado en la puerta del Instituto vaciló. Ikhan Yakzuby comprendió que no era usual su presencia allí, y menos sin escolta, sin su plana mayor.

—Que nadie se acerque a mi propulsor —ordenó al vigilante—. Le hago responsable.

Entró en el remozado Instituto y se dirigió directamente al despacho del Supervisor General. Creó una pequeña conmoción, pero en menos de cinco minutos consiguió estar libre de toda compañía ante el Sistema Central surgido de la remodelación de instrumentos. El Supervisor, halagado por su presencia, insistió en mostrarle los progresos realizados así como el plan previsto de adecuación. De la mejor forma posible le indicó que su visita era secreta, y esta confianza envaneció todavía más al hombre, que afirmó *comprender* y se retiró a la espera de nuevas instrucciones. Ikhan Yakzuby extrajo el disquete de un bolsillo de su equipo y lo miró con el último aliento de su esperanza.

Se sentó frente al panel central de mandos operativos y puso en funcionamiento el ordenador principal, asistido por corrientes de energía inductiva, como alternativa más eficaz ante el cambio de los sistemas, tras la desactivación de la ciudad y recuperación posterior. Una vez estabilizados los sensores, introdujo el disquete en una ranura de recepción y la imagen, que poco antes tenía en la pantalla de su despacho, apareció ahora en la del ordenador.

Respiró intensamente antes de dar el siguiente paso.

Finalmente tecleó la pregunta.

Información sujeto.

El ordenador fue rápido, pero impreciso.

Máquina —dijo.

Identificación —escribió Ikhan Yakzuby.

Datos no computados. Amplíe información.

Modelo S —tecleó ahora—. *Número de fabricación 879.532.3 punto barra AV punto E. Código KFB-2-TT.*

Fuera de orden —indicó el ordenador—. *Amplíe información.*

Ikhan Yakzuby apretó los puños.

—Maldito trasto... —lamentó.

Tenía que existir un cambio; lo esencial era dar con él. Un ordenador no tenía mayor dificultad que un primitivo laberinto. Lo fundamental era avanzar, encontrar formas y fórmulas de no perderse ni desandar lo andado. Una pregunta facilitaba el acceso a otra.

—Veamos... —murmuró en voz alta—. ¿Qué es lo que tengo?

Recordó el diálogo con el comandante Niyan y tuvo una idea.

Sujeto procedente de Ezebel. Clase Dirigente.

Datos no computados —trazó el ordenador en su pantalla.

Introdujo una pregunta al margen, reservando la información facilitada y efectuando un paréntesis.

Pregunta: ¿relación de Dirigentes en Ezebel?

La máquina sí tuvo acceso ahora a un banco de datos real. A una velocidad fulminante, comenzó a escribir en su pantalla una larga relación de nombres: Abar 1-2, Zaid 1-5, Hersom 1-6, Kanosebeb 1-7, Hansobardeh 1-9, Duzebir 1-12...

Completó una lista de 115 nombres. Ikhan Yakzuby la estudió y eliminó a 16 que él conocía por tratarse de altos cargos vinculados a la guerra. El siguiente paso para eliminar otros de los 99 restantes fue más sencillo.

Modelos AB.

El ordenador suprimió 4 nombres.

Modelos AC.

El ordenador suprimió 2 nombres más.

Modelos AD.

Ninguno.

Continuó tecleando, señalando modelos usuales en los últimos trescientos años y que él conociera, hasta que la lista quedó reducida a 17 hombres, todos con numeraciones viejas. Abar 1-2 era el primero y Orizer 1-47 el último. Invirtió ahora el sistema, preguntando directamente por cada máquina.

Abar 1-2. Información.

Inexistente en circuito —respondió el ordenador.

Hizo la misma pregunta para todos y obtuvo cinco informes más o menos breves por la falta de datos en el banco y en la memoria. Ninguno de ellos tenía nada que ver con la máquina prisionera en Fleb. Pero le quedaban solamente doce alternativas.

Época de fabricación de modelos S.

Quinientos años —dijo el ordenador.

Era una pregunta importante, se daba perfecta cuenta de ello. De la siguiente respuesta podía depender casi todo. El mismo nerviosismo le hizo equivocarse y tener que rectificar.

Edades de los 12 Dirigentes en pantalla

Uno tras otro, los números aparecieron junto a cada nombre, sin faltar ninguno esta vez.

—¡Diablos, ahí está! —gritó emocionado.

Sólo tres de los nombres se aproximaban a esa edad: Balhissay 1-15 con una estimación de 500 a 530 años, Selobby 1-33 con una estimación de 490 a 510 y Falsah con una edad exacta de 485.

Ikhan Yakzuby miró uno de aquellos tres nombres. Se había fijado en él desde el principio, pero paso a paso se encontraba en la mismísima recta final.

Balhissay 1-15.

—No... puede ser... —murmuró—. Sería demasiado... ¿casual?

Se sintió colapsado. El ordenador esperó una nueva pregunta y ésta no llegó. ¿Qué más podía hacer? Si la máquina prisionera tenía una misión, revelaría ella misma el nombre... o no. Quizá estuviese reprogramada. Claro que entonces no tendría sentido. ¿Por qué dejar el número de fabricación en la estructura? Evidentemente, averiguar quién era representaba ganar tiempo, actuar con ventaja.

¿Y si, después de todo, no era un Dirigente ni pertenecía a Ezebel?

Golpeó la consola con una mano y se puso en pie. Dio una docena de pasos nerviosos a lo largo de la sala hasta que se acercó de nuevo al aparato. En la pantalla seguían los mismos tres nombres.

—Es de Ezebel —reafirmó en voz alta—. AV punto E significaba por un lado el equipo creador y por otro la inicial de la Comunidad: E de Ezebel. Y sólo un Dirigente podría ser tan viejo.

Tuvo otra idea.

Capacidad operativa en los tres sujetos.

Al lado de Selobby 1-33 apareció la palabra *Nula*. En los otros dos podía leerse *Máxima*. Selobby era el penúltimo descarte.

Balhissay 1-15 continuaba.

La máquina que la historia había enfrentado a su antepasado Hal Yakzuby, haciéndoles compartir a ambos un tiempo tan esencial como especial.

Dos nombres, una alternativa. A no ser que hubiese seguido un camino equivocado, y no lo creía, Balhissay 1-15 o Falsah 1-45 era el nombre de la máquina capturada en Fleb.

Sus manos rozaron el teclado. La piel brillaba por las infinitas motas de sudor que surgían de ella.

¿Qué escribió Hal Yakzuby de Balhissay 1-15? Intentó recordarlo. Definiciones, consideraciones... Sin embargo, algo le sorprendió siempre. Su padre Zabid le habló muchas veces de ello. Las dotes extraordinarias de Balhissay, su superioridad, los aspectos que le hacían rozar una abierta humanidad...

Había una palabra...

—Era...

Individualidad.

Volvió a sentarse muy despacio frente al panel central de mandos y consideró la forma de introducir aquella variante en el interrogatorio que seguía, la búsqueda de datos más importante jamás emprendida por él. Pensó que, puesto que hablaba de máquinas y era un sistema operativo integrado por ordenadores y computadoras lo que manejaba, tenía que acudir a lo más elemental.

—La lógica.

Y entonces puso los datos de la captura de la máquina, así como la situación general y toda la información colateral que conocía. No olvidó nada. El ordenador absorbió cada palabra y esperó la pregunta con la que trabajar para encontrar una respuesta. Ikhan Yakzuby se la marcó:

Índice de probabilidades lógicas para actuación según lo descrito en los dos sujetos.

Y el ordenador contestó:

Falsah 1-45, cero por ciento de probabilidades. Balhissay 1-15, cien por cien de probabilidades

Ikhan Yakzuby se dejó caer hacia atrás con los ojos cerrados.

—Balhissay... —exclamó.

17

EL ZUMBIDO LE DESPERTÓ de la lectura de los últimos informes. Dejó el visor portátil encima de la mesa y estableció la conexión que su ayudante le pedía. La voz de Grobar tembló inquieta al otro lado.

—Señor..., tiene una visita urgente.

—Creo recordar mi orden de no ser molestado hasta las 85 punto 500 horas.

Grobar carraspeó.

—Es la Delegada Corporativa de la Comisión de Ciencia, señor —anunció el hombre.

—¿Y bien?

—Dice que no se marchará sin verle.

Ikhan Yakzuby no respondió. Conocía demasiado bien a April Débian Zerabiren, tanto a nivel informal como formal. Su última discusión pública, en el Consejo de la Rebelión, fue tormentosa y mereció claras muestras de reprobación por parte de los asistentes. Sus diferencias eran cada día más ostensibles, a pesar de que ambos se tuviesen un mutuo respeto. Los dos compartían unos ideales, aunque no los mismos métodos. April Débian Zerabiren era importante y no debía ignorarlo. Como Jefe de Investigaciones poseía una considerable dosis de poder y nadie en el Consejo tenía fuerza para desautorizarla, especialmente después de sus dos grandes éxitos: la reapertura de las gigantescas minas de hierro de Azeth y el hallazgo del componente alimenticio ADZ-1 mediante el cual miles de recién nacidos habían sobrevivido en los últimos años.

—¿Ha dicho cuál es el motivo de su urgencia?

Grobar no respondió inmediatamente. Por el comunicador se escuchó la voz de la visitante. Fuese como fuese, había logrado llegar hasta la antesala, pasando a través de controles y guardias de seguridad.

—Balhissay.

La voz de mujer desapareció. Grobar entró de nuevo en su campo auditivo.

—Lo siento, señor... Está furiosa y no sé...

Bien, la palabra empleada había sido igual que una llave. Era él quien sentía ahora curiosidad.

—Déjela pasar —ordenó Ikhan Yakzuby.

El comunicador enmudeció. Casi inmediatamente la puerta del despacho se abrió y por ella entró April Débian Zerabiren, doctora en medicina, física, química y astrología, Delegada Corporativa de la Comisión de Ciencia y Jefe de Investigaciones del Consejo de la Rebelión, posiblemente una de las personalidades más influyentes del nuevo orden y alguien fundamental en la constitución del futuro después de la victoria. Un ser portentoso, teniendo en cuenta que no había cumplido más allá de treinta años y que creció en lo más duro de la guerra, cuando la raza humana asestaba los primeros golpes a las máquinas. Ikhan Yakzuby debía reconocer algo más en ella: su belleza. Sólo la fuerza de carácter y la disciplina, unida a su firmeza, la diferenciaban de Música, su esposa. Pero Música era de otra materia, simple y sencillamente. Las dos, April y Música, tenían la esencia de lo que debía ser la nueva mujer surgida de la revuelta, de la misma forma que él era un luchador y, si bien le pesaba, comprendía que con la paz debería dejar su puesto a otros... o cambiar él con los tiempos.

April Débian Zerabiren se detuvo frente a su mesa. Sus transparentes ojos no mostraban ningún signo de amistad, ni tan siquiera cordialidad. Puso sus dos puños cerrados sobre el cristal y se inclinó hacia adelante.

—¿Por qué no ha sido informado el Consejo, ni la Comisión de Ciencia, ni el Centro de Investigaciones, de la captura de Balhissay 1-15? —dijo con sequedad.

Ikhan Yakzuby sostuvo su mirada. Podía ordenar que la echasen de allí..., pero no le convenía. Tenía energía para gritar más que ella..., pero eso sería perderla. Su posición, por otra parte, era delicada.

La doctora estaba en posesión de un tesoro llamado razón.

—Siéntese, por favor —le pidió.

—No va a convencerme, Ikhan —dijo la mujer.

El líder de la Rebelión puso ambas manos abiertas

sobre su mesa. Esperó en silencio hasta que su visitante optó por seguir su consejo y se sentó. Ocupó un simple soporte de plástico moldeable que se graduó automáticamente según su peso. Con sus miradas situadas en un mismo plano, se estudiaron mutuamente.

—¿Y bien? —inquirió ella.

—¿Cómo lo supo? —preguntó él.

—Eso no importa. Lo único cierto es que lo sé y que es verdad.

—¿Qué más sabe?

—Sólo eso: que tiene a Balhissay 1-15, aquí, en Arequian.

—De acuerdo —confesó Ikhan Yakzuby—, lo tengo.

—¿Por qué no ha informado de ello?

—Es un prisionero de guerra. Pensaba hacerlo a su debido tiempo.

—¿Cuándo?

—Después de haberle interrogado y vaciado su banco de datos y su memoria.

April Débian lanzó una carcajada exenta de alegría.

—¡Perfecto! ¿Y qué nos hubiera entregado: un simple montón de hierros vacío? ¡Ya tenemos demasiado de eso ahí fuera, inservible y destrozado por sus luchadores!

—Esos hombres asaltaban una ciudad —recordó él—. No estaban dando un paseo.

—¡Por todas las estrellas del cielo! —gimió April Débian—. ¿Era necesario arrasar una ciudad, teniendo en frente máquinas que sólo se defienden, sin atacar jamás?

Ikhan Yakzuby hizo un gesto de cansancio.

—¡Por favor, April! ¿Otra vez con lo mismo? Esto no es una reunión del Consejo. Aquí puedo decirle que se dedique a su trabajo y me deje a mí el mío.

—¿Prefiere que hablemos de Balhissay 1-15? —dijo ella con astuta cautela.

—¿Qué quiere saber? —la invitó él.

—Todo.

—De momento, no hay demasiado: se le capturó hace cinco días en las montañas de Fleb y se le trasladó hasta aquí. Por lo visto, viajaba solo, en un flotador aeronáutico. No estaba perdido ni se molestó en huir cuando le apresaron.

—¿Cómo sabe que es Balhissay 1-15? ¿Le ha interrogado ya?

—Sé que es él, pero no se le ha interrogado todavía

—Entonces...

—Escuche —la detuvo Ikhan Yakzuby—. Cuando llegó a Arequian fui a verle y le dije que sabía quién era. Él contestó que era lógico, y eso fue todo. Es Balhissay 1-15.

—¿Dónde lo tiene?

—En seguridad.

—¿Cuál es su estado?

—No la entiendo...

—¿No le ha examinado nadie? —se alarmó la mujer—. ¿Es que no se da cuenta de que esa máquina tiene más de quinientos años? Si viajó primero por la tierra abierta y después hasta aquí..., según su estado, el calor o el índice de humedad, puede sufrir un *shock*.

—Tiene un medidor de energía, temperatura y humedad en su confinamiento, y las constantes son variables pero estables.

—¿Por qué no le ha interrogado todavía?

—Quiero que pase unos días solo e incomunicado —explicó Ikhan Yakzuby—. Para una máquina, la soledad es un desconcierto importante. Se bloquean sus percepciones, y la falta de información las afecta. ¿No nos lo enseñaron así?

—Quiero examinarle —pidió April Débian.

El hombre enderezó su espalda.

—¿Qué?

—Ya lo ha oído: quiero examinarle.

—¡Es mi prisionero! —gritó Ikhan Yakzuby.

Ella no perdió la calma en esta ocasión.

—Usted tiene sus derechos y yo los míos. La ley me autoriza a examinarle para determinar su grado de energía y capacidad de mantenimiento y supervivencia. ¿No querrá que una captura tan importante se pierda por una negligencia de procedimiento?

—Escuche bien, doctora Débian —manifestó el líder de la Rebelión pronunciando con cadencia cada palabra—. Nadie tocará a mi prisionero ni interferirá para nada en esta acción. Los secretos que posea Balhissay deberán ser valorados por los luchadores, que somos aquellos que tenemos la responsabilidad de concluir la guerra, y después serán facilitados al Consejo. Quiero decirle algo más, algo que hace tiempo debía haberle expresado: déjennos en paz. Ustedes, los científicos, ya han causado bastantes problemas impidiendo acciones que habrían acelerado el final de la guerra hace años. No interfieran más en nuestro trabajo...

—¿Acelerar el final de la guerra? —el tono de April Débian destilaba una gran dosis de amargo sarcasmo—. ¿Como su afán de volver a convertir la energía nuclear en un arma definitiva? De no haberlo impedido nosotros, los *científicos,* como nos llama despectivamente, es posible que Tierra 2 ya no existiese.

—Sus informes sobre la estructura interna de este planeta son un error.

—Es posible..., pero para saber si tengo o no razón, ¿va a destruirlo impulsado por su ceguera? La victoria llegará de igual forma, y cuando la obtengamos, vamos a necesitar de cuantos recursos disponga esta tierra, no de lo poco que hayan dejado los fanáticos como...

—¡Doctora Débian!

Ikhan Yakzuby se había puesto en pie violentamente. April Débian Zerabiren le imitó, comprendiendo que la entrevista tocaba a su fin y que, lamentablemente, acababa de perder una magnífica oportunidad de haberse callado.

Sobre todo si se tenía en cuenta dónde estaba y que, como científico, el acceso a una máquina de la clase 1, y excepcionalmente por tratarse de Balhissay 1-15, era uno de los hechos más importantes de su vida.

Quizá irrepetible.

—Si Balhissay muere, le acusaré personalmente en el Consejo —previno.

—No me amenace, April. Usted no tiene ninguna jurisdicción aquí.

La mujer dio media vuelta y se dirigió a la puerta. Ikhan Yakzuby dijo todavía algo más, aunque ella no se detuvo.

—No intente conseguir una orden del Consejo ni trate de comprometer mi trabajo, o de lo contrario conectaré a Balhissay a una grabadora y le vaciaré como si fuese una caja de grano... ¡Piense que esto es demasiado trascendente para todos!

April Débian Zerabiren llegó a la puerta. Cuando la cerró, el golpe hizo vibrar todo el ámbito, e impactó psicológicamente al líder de la Rebelión.

Al hombre que buscaba una victoria para asegurar, por encima de otras valoraciones, un largo futuro en paz tras miles de años de irreflexiva dependencia de las máquinas.

18

SEGURIDAD ERA UN EDIFICIO adyacente a la nueva comandancia administrativa de Arequian. En otro tiempo, sin embargo, su destino fue muy distinto, puesto que sus sótanos, dotados de sistemas de máximo hermetismo, contuvieron las reservas de aceites especiales y grasas que a través del subsuelo mantenían la armonía en el complejo funcionamiento de la ciudad. En la entrada todavía podía leerse el rótulo que decía: *Banco de reservas.*

April Débian Zerabiren se detuvo precisamente bajo él cuando frenó su motonave de compresión, un simple rotor que liberaba una masa de aire caliente en un zepelín superior y cuya salida facilitaba el impulso que movía el conjunto, capaz para una docena de personas. No esperó a que el vigilante llegara hasta ella para preguntarle qué hacía allí y bajó exhibiendo una credencial del Consejo.

—¿El oficial de guardia, por favor? —pidió.

El hombre, un recluta ya anciano destinado a servicios especiales, señaló la puerta frontal, tras la cual se veía una luz de tono amarillento.

—No puede dejar su vehículo aquí —protestó.

—No serán más de cinco minutos —dijo ella sin dejar de andar.

La sala de guardia de Seguridad la formaba el amplio vestíbulo con arcos del distribuidor central del Banco de reservas. Dos hombres seguían las incidencias de algo que sucedía en una pantalla y un tercero dormitaba en un rincón. La noche penetraba con solemnidad por los ventanales superiores creando sombras que las mortecinas luces no conseguían vencer. El oficial de guardia era una de esas sombras, oculto detrás de una mesa metálica y protegido por una docena de pequeñas pantallas por medio de las cuales controlaba sus dominios. Ni siquiera se puso en pie al verla aproximarse.

April Débian desplegó ante él una tarjeta de identidad, un cristal estriado, la credencial del Consejo y un disquete.

El hombre leyó la tarjeta de identidad:

—April Débian Zerabiren, Jefe de Investigaciones y Delegada Corporativa de la Comisión de Ciencia...

Introdujo el cristal estriado en un sistema de identificación luminoso. En una pantalla vio el sello del Consejo. Puso la credencial al lado y contrastó dos números enmarcados por un rectángulo de color azul. Se lo devolvió todo, a excepción del disquete.

—¿Sí, doctora?

April señaló el disquete.

—He venido a llevarme la máquina de referencia A-147, Balhissay 1-15.

El oficial de guardia cambió de actitud. Su cuerpo empezó a funcionar una vez superada la sorpresa.

—No tenía ni idea... —balbuceó.

—¿Por qué no lo verifica? —sugirió ella.

—¡Oh, sí, por supuesto!

Introdujo el disquete en una ranura y dio entrada a su contenido por la pantalla del monitor principal. Leyó:

—El prisionero Balhissay 1-15, máquina, referencia A-147, en módulo de aislamiento en Seguridad, será trasladado en el máximo secreto al Puesto de Mando. Se confía la misión a la doctora April Débian Zerabiren. Firmado... —levantó la cabeza y concluyó— Ikhan Yakzuby, líder de la Rebelión.

—Tengo ahí fuera el transporte —indicó la mujer—. Cuanto antes acabe esto, mejor se mantendrá el secreto. Si me hace el favor...

El hombre no se movió.

—Es un tanto irregular... —dijo, inseguro—. El mismo Ikhan Yakzuby estuvo aquí cuando la trajeron y me advirtió de la importancia de esa máquina y que nadie debería tener acceso a ella, salvo los enlaces que vienen a comprobar su estado cada 25 punto 000 horas...

—¿Qué tiene que ver esto con su traslado? ¿No pensará que iba a venir el propio Ikhan a recogerla para proceder a su interrogatorio?

—¡Oh, no, desde luego! —los ojos del hombre buscaron un apoyo que no halló en ninguna parte—. Es sólo que...

—¿Conoce la firma de Ikhan Yakzuby?

—Sí.

—¿Es la que figura al pie de la orden?

—Creo que... lo parece..., sí...

Las preguntas de April Débian eran rápidas, directas, impacientes.

—¿Quiere llamar al mismo Yakzuby para confirmar la orden?

El oficial de guardia miró la hora. Eran las 8 punto 650 horas.

Se puso en pie.

—Desde luego que no —dijo convenciéndose de una vez—. Ahora mismo ordeno que vayan a buscarla. ¿Tendrá la bondad de firmar aquí, doctora?

No pudo ver el temblor en la mano de April porque

se apartó de su mesa y llamó a los dos hombres que seguían quietos delante de la pantalla luminosa. Estaba segura de que falsificar la firma del líder de la Rebelión era lo más inconcebible que jamás hubiese hecho, pero lo único que podía perder era su puesto en el Consejo, algo que de todas formas despreciaba, como despreciaba la política, las largas sesiones, los debates inútiles y el protocolo que acompañaba el aparato del poder, por provisional que fuese o por legal y establemente constituido que pretendiese estar. La ciencia era su única verdad y su única razón de ser. Una verdad formada por cientos y miles de pequeñas y grandes verdades. Tantas como quizá albergase el inmenso cuerpo y los kilómetros y kilómetros de circuitos de Balhissay 1-15.

Ningún necio luchador iba a convertirle en víctima.

Pasó un minuto. 0 punto 400 horas. Dos. Seguridad parecía una inmensa fortaleza desde allí dentro. Tres. Una llamada exterior la sobresaltó. Se trataba de una verificación rutinaria. Cuatro minutos.

Una puerta se abrió y por ella vio aparecer al oficial de guardia y a los dos hombres. Sostenían una máquina de aspecto humano, revestida de goma y de un tamaño aproximadamente doble que el de ellos.

Balhissay 1-15.

April Débian dominó sus reacciones. La irrefrenable temeridad que primero le pareció una locura estaba a punto de concluir con éxito. Una victoria de su instinto.

Balhissay 1-15 se movía con dificultad. Temió haber llegado tarde.

—Llévenlo a mi vehículo —ordenó señalando la puerta.

La máquina la miró.

—¿Ha venido sola, doctora?

Ella sonrió forzando una expresión de fingido desprecio en su rostro.

—Por supuesto. ¿No creerán que ese montón de chatarra vaya a hacerme algo?

—No atacan, pero huyen —apuntó el oficial de guardia.

—Hay un compartimento cerrado en mi vehículo, no teman.

Caminaban a paso muy lento, y cada segundo era como un largo tiempo en el que cualquier cosa podía ocurrir. Cuando cruzaron la puerta, el vigilante exterior los miró curioso, especialmente al prisionero. Al entrar en el rotor, que gimió por el peso de la máquina, April Débian supo que estaba a un paso de conseguirlo.

Puso en marcha el sistema que liberaba la masa de aire caliente.

—Buenas noches, doctora.

El rotor cubrió su primera distancia, alejándose de Seguridad. El corazón de la mujer tronaba como un volcán; Balhissay 1-15 no dejaba de mirarla.

Sus sensores, dada la proximidad, captaban esa constante y agitada señal.

—No tema, Balhissay —dijo entonces ella—. Me llamo April Débian Zerabiren y soy médico.

Balhissay 1-15 no respondió. La luz de sus ojos dejó de ser neutra y blanca y fue tornándose de un color suavemente rojo que casi al instante se convirtió en azul.

Circulaban algunos solitarios por las calles rotas y tristes de Arequian.

19

NO ERA UN LABORATORIO ultramoderno, pero bastaba. Todos los recursos de una ciencia detenida cuarenta años antes y muy poco desarrollada desde el inicio de la Rebelión estaban allí. Lo necesario para un trabajo eficiente, para mantener investigaciones con garantías de éxito. Balhissay calibró el alcance de cuanto le rodeaba.

—Quiero examinarle inmediatamente, por favor —dijo April Débian.

—Pensaba que lo haría, por supuesto.

La mujer se movía inquieta por el no muy amplio espacio abierto entre aparatos, sistemas estáticos, mesas de trabajo y hasta talleres manuales con componentes sencillos para intervenciones rápidas en máquinas de todo tipo.

—Escuche, Balhissay... —comenzó a decir—. Quiero que sepa algo. Ante todo, que yo no soy una luchadora, sino una científica. No sé si sabrá la diferencia actual entre una y otra cosa, pero...

—La conozco —dijo él.

—Bien, me alegro —continuó ella—. Por supuesto, me alegraría que entendiera que es un prisionero de guerra, y que, por sus condiciones, toda huida es imposible.

—Lo sé.

—Esto facilita las cosas. Mi única intención es examinarle, pero de forma adecuada.

—Eso también lo sé.

—Dígame algo: ¿sería capaz de borrar su memoria, su banco de datos, antes de que yo los investigase?

—Si es científico sabrá la respuesta.

—No sería lógico, ¿verdad?

—Sería malgastar muchos años de recopilación de información, y perder una vida.

April Débian le estudió. A su lado parecía un ser débil e insignificante, fácilmente barrido por un solo manotazo de una de aquellas manos enormes. Vio los bultos en el cuerpo de goma y metal, las cicatrices de un sinfín de injertos, recomposiciones, reciclajes e intervenciones. Finalmente se enfrentó a aquel rostro feroz y extraño, cincelado por alguien que, o bien carecía de sensibilidad, o bien deseó crear la imagen del poder. Sólo las luces amortiguaban el efecto duro y desprovisto de emociones de su inexpresiva faz. Luces cálidas, reflejo de los misterios que cubrían.

—Me gustaría preguntarle tantas cosas... —murmuró.

—Hágalo —la invitó él.

—No de la guerra, se lo aseguro, sino del pasado, de la historia, de Hal Yakzuby... Usted es como una gran fuente de conocimientos, tiene la llave de mil secretos fantásticos y maravillosos.

—Quizá tenga también la llave del futuro.

—¿Conoce el futuro?

—La lógica conoce el futuro.

—¿La guerra?

Balhissay 1-15 destiló una luz amarilla.

—Tierra 2 es un planeta primitivo —dijo—. La raza humana vencerá, pero ya no podrá sobrevivir en su superficie, especialmente si, como parece, destruye toda la tecnología creada. Hay algo más: si emplean armas nucleares no sólo romperán el equilibrio natural, sino que destruirán el mundo.

—Yo creo que Tierra 2 no es más que una corteza de unos cincuenta kilómetros flotando sobre un magma atómico.

—Se aproxima a la verdad, doctora. Ese magma existe y sería perfecto si supiéramos aprovecharlo en nuestro beneficio. Lamentablemente, una alteración en la superficie, o un simple neutrón que fuese capaz de llegar hasta él..., lo haría estallar. Todo este cuadrante del Universo se vería afectado por su fuerza destructora.

April Débian se apoyó en una mesa. Balhissay 1-15 ocupaba un módulo de flexores blancos.

—¿Ha venido usted a decirnos esto? ¿Es ésa la razón de que se entregara?

—Yo no me entregué —mintió la máquina—. Inspeccionaba los cinturones defensivos de Ezebel como miembro del Comité de Estrategia y cometí un simple error.

—¿Sabe lo que le harán los luchadores cuando le encuentren?

—Sí.

—¿Le... afecta?

—Me importa.

—No sé si puede comprenderme, Balhissay —dijo

ella—. A fin de cuentas pertenezco a la raza humana y usted puede creer que todos somos iguales...

—Sé que no lo son.

—Entonces déjeme decirle algo... —sus manos se unieron igual que si suplicase—. Lo que yo pretendo es... saber, ¿entiende? Quiero y necesito saber, y ésa es la razón de que le haya traído hasta aquí. No me importa la guerra, ni me importa lo que me pase, lo que me hagan. Desde que era niña quise conocer todas las respuestas y envidié el pasado, porque en él hombres y máquinas vivían y trabajaban juntos. Los luchadores le someterán a un proceso de vaciado exhaustivo. Yo no. Si usted fuese un ser humano sería igual que si le arrancasen el corazón y los sentimientos. Una muerte espantosa. Ya sólo quiero entrar en usted... No tocaré nada, se lo prometo. Entrar y ver.

—Lo hará quiera o no quiera yo.

—¡No es mi prisionero, ni yo su carcelera! —profirió April Débian—. ¿Sabe algo? Incluso es posible la paz. Lo que me ha dicho hace un momento de Tierra 2... Si puedo presentarlo al Consejo, si lo entienden...

—Nadie detendrá a los luchadores.

El tono de la mujer se inundó de desaliento.

—Balhissay, usted no es una simple máquina, ni un Dirigente, usted es una esperanza.

Balhissay 1-15 no respondió. Sabía que podía surgir un imprevisto en su plan, porque delante tenía un imprevisible género animal llamado *raza humana,* pero de entre todas las alternativas, sus computadoras le decían que aquélla no ofrecía, *a priori,* más allá de un uno por ciento de posibilidades. Una mujer, una doctora, luchando en solitario por la paz y la armonía, enfrentándose a los luchadores. Si ella cometía un error...

Pero ¿cómo decirle que, precisamente, lo que él esperaba era ese vaciado fulminante, para darles a los hombres la carnaza, la trampa que habían de morder?

—Si quiere mantener esa esperanza, doctora Débian —dijo Balhissay con cautela—, tal vez sea mejor que actúe como lo hubieran hecho los luchadores, vaciando mi banco de datos y mi memoria.

—¿Qué... está diciendo?

—¿Cómo pretende efectuar su investigación?

—Pues... —ella vaciló, sin comprender—, activando sus circuitos y conectándole a un sistema operativo normal, en el que pueda procesar preguntas, datos, la información que obtenga.

—Hágalo —recomendó Balhissay—. Conécteme, pero únicamente a nivel primario.

—¿Por qué...?

—Hágalo —repitió la máquina.

April Débian la estudió un instante. Reaccionó al momento. A fin de cuentas, el tiempo era lo más esencial. Nadie conocía aquel laboratorio ni su emplazamiento porque en él tenía organizado su pequeño gran imperio de investigaciones. El motivo de mantenerlo en secreto no era otro que temer un posible boicot de los luchadores. Los gritos contra los científicos clamaban día a día con más fuerza. ¿Cómo evitar una revuelta interna? En el mismo Consejo la división avanzaba, y en la última sesión uno de los más firmes respaldos de Ikhan Yakzuby los llamó *traidores* y los acusó de ser los culpables de la primitiva situación, por haber creado un monstruo primero y haberlos convertido en esclavos de él después. Los científicos estaban ahora en el fiel de la balanza. Por esta razón, tener la garantía de aquel laboratorio secreto no quería decir que se sintiese a salvo. Ikhan Yakzuby removería toda la ciudad para encontrarla y rastrearía toda fuente de energía hasta dar con ella.

Lo esencial, una vez más, era el tiempo.

Conectó el sistema operativo central y situó un ordenador al lado de Balhissay. Una vez escogido un cable selector, lo introdujo en una de las cavidades de conexión del Dirigente. Al accionar la puesta en marcha, la máquina se estremeció.

—Nivel primario, recuerde —dijo Balhissay.

Seguía sin entender, pero hizo lo que le decía. La transmisión de energía funcionó en ambos sentidos menos de cinco segundos. De forma inexplicable, el flujo que partía del ordenador hacia Balhissay se detuvo, perdido en algún circuito. En sentido inverso captó la inmediata fuga, igual que si un aspirador succionase la fuente energética de la máquina. Al instante, una señal de alarma se disparó en su cerebro y miró a Balhissay.

—¡Por todas las...!

Desconectó el sistema y se levantó asustada. Las luces de los ojos de Balhissay 1-15 chisporroteaban por los dos súbitos cambios, el inicio de colapso y el drástico corte. Leves descargas de energía todavía flotando entre sus células microprocesales agitaron sus fuentes de inducción y tuvo que ser su propio ordenador central el que impusiese paz, venciendo el leve desequilibrio. Lentamente, los ojos volvieron a brillar y las constantes se estabilizaron hasta alcanzar un equilibrio normal.

April Débian notó un infinito peso sobre su ánimo.

—¿Lo comprende ahora? —preguntó Balhissay 1-15 con voz todavía poco estable.

—Sí —reconoció ella.

No había forma de separar el banco de datos y la memoria de Balhissay 1-15 sin matarle a él, sin causarle una desconexión irreversible. Y tan grave como el fin de la máquina era que siguiendo este sistema, lo único que lograrían salvar sería la información almacenada en los últimos años, cinco, diez a lo sumo.

Y el resto se perdería.

Nadie podía trasplantar una memoria y un banco de datos íntegro si la fuente de energía que generaba en ellos la vida se perdía por un sólo instante. Asimismo era imposible pasar ambas fuentes de información a otro ordenador. Todo radicaba en el origen energético de la máquina, y en el caso de Balhissay 1-15, su perfección técnica era tanto una garantía como una trampa para ellos. Vaciarle representaba el mismo fracaso.

De cinco a diez años, cuando Balhissay poseía secretos únicos reunidos a lo largo de quinientos años...

—¿Sabía que iba a morir? —preguntó April Débian.

El Dirigente no contestó.

—¿No se da cuenta de que no tengo tiempo? —exclamó ella con lágrimas en los ojos—. Ni lo tiene usted... para contestar a tantas y tantas preguntas como querría hacerle.

—¿Va a vaciarme ahora? —dijo Balhissay.

20

LA CLARIDAD DEL AMANECER penetró por una pequeña abertura cenital. Balhissay, tendido en una gran mesa de operaciones, vio aquella luz que probablemente sería la última de su existencia. Sus ojos se apagaron para llenarse de su presencia.

—¿Se encuentra bien? —escuchó la voz de April Débian.

—Sí —aseguró.

Ella estaba arrodillada sobre la mesa e inclinada encima de su cuerpo, ahora macabramente destripado, con la goma que formaba su piel abierta de arriba abajo y sus sistemas al descubierto.

—Voy a quitarle de su sitio el complejo asistencial secundario —indicó la mujer—. Dígame si siente algo o nota una pérdida de energía, por mínima que sea. No voy a desconectarlo, por supuesto, pero es posible que al moverlo pueda suceder algo. Deberá ser mi propio ayudante. No puedo estar pendiente de todo.

—¿Qué intenta hacer?

—Ya se lo he dicho cuando le he pedido que se tendiera y cooperase: no lo sé.

Balhissay 1-15 emitió dos tonos de su compleja risa.

—Es usted un humano persistente —dijo—. Me recuerda a alguien.

—¿A quién?

—A Hal Yakzuby.

April Débian completó el empalme, y respiró con fuerza. Se inclinó hacia la cabeza de la máquina y se asomó a sus ojos.

—Es un cumplido —reconoció.

—¿Cumplido? —reconoció la palabra y su significado aplicándolo en términos humanos. Luego agregó—: No, es una verdad.

La mujer regresó a su posición sobre el pecho abierto de Balhissay 1-15, a través del cual se veía un cosmos de aparatos, medidores, microprocesadores, cables, sistemas, circuitos, ordenadores integrados tan pequeños como una uña y tan poderosos como sus homónimos de tamaño cien o mil veces mayor, conectados entre sí, dependientes e independientes en funciones asombrosas. Un universo tecnológico que constituía una maravilla científica, especialmente porque aquel conjunto tenía la fascinación de la vida.

La vida.

¿Existía un don más excepcional?

April Débian atemperó sus nervios, su excitación. Era una científica. Si lo olvidaba pondría en peligro algo más que la existencia de Balhissay. Necesitaba una cabeza despejada, un pulso firme, una racional visión de cada prioridad. De cinco a diez años de información siempre eran mejor que nada. Si algo salía mal...

Ikhan Yakzuby la cortaría en pedacitos.

—¿Preparado? Allá voy.

Cogió con ambas manos el complejo asistencial secundario. Era un bloque de unos treinta centímetros de lado, completamente cuadrado. Todas las conexiones y enlaces estaban hechos con minuciosa habilidad, y los soportes desconectados del soporte principal. Pesaba bastante, pero pudo con él. Sosteniéndolo en el aire, comprobó los medidores de su ordenador principal, por si detectaban alguna fuga de energía. Se tranquilizó al ver que todo funcionaba y entonces, con cuidado, dejó el sistema a un lado, sobre la mesa.

Se inclinó para estudiar la cavidad. En alguna parte de aquellas profundidades casi abismales, pese a ser un espacio reducido, se hallaba su objetivo.

—¿Dónde está su ordenador central? —preguntó.

Balhissay 1-15 consideró la cuestión.

—¿Por qué?

—Si algo funciona mal, ahí estará la respuesta.

—Mi ordenador central es único —dijo él—. Nada ni nadie puede tocarlo. La misma energía de su mano o una electrificación del aire produciría su paralización. ¿No sabe que es el sensor más frágil y delicado de...?

—¿No sabe que la ciencia, a pesar de la guerra y de la falta de medios, también ha progresado en estos cuarenta años?

Balhissay se agitó.

—Doctora Débian..., si llega hasta mi ordenador central y comete un simple error, me desactivará, y ni siquiera podrá obtener esa información de mis últimos años. ¿Cree que vale la pena correr el riesgo?

—¿Sabe cuánto le queda de vida, Balhissay? —inquirió la mujer.

—No —mintió de nuevo él.

—Entonces déjeme trabajar, y, por su bien, le aconsejo que colabore. ¿Quiere que empiece a quitarle cosas hasta dar con lo que busco? ¡Diablos! Nunca he investigado a un clase 1... ¡Estoy intentando ayudarle!

Su misión, un plan madurado a lo largo del tiempo, podía fracasar, sin embargo... Balhissay pensó en Hal Yakzuby. Realmente tenían mucho en común: pasión, vehemencia, determinación, empuje, fuerza, valor... Y, ¿por qué no?, la chispa de ingenio que había hecho de la raza humana la suma maravilla del universo.

—Retire también el sistema inductivo de las funciones motrices.

April Débian sonrió. Puso una mano sobre su mejilla de goma y la acarició con ternura. Balhissay 1-15 percibió el suave calor y los latidos de un pulso humano. Un recuerdo casi perdido en los años anteriores.

—Gracias —dijo ella.

Trabajó en silencio durante diez minutos en el sistema indicado por Balhissay, situado al otro lado del pecho, junto a la primera cavidad. Su manejo era más sencillo. Del asistencial secundario dependían las uniones de los circuitos integrados que trabajaban en la armonización del cuerpo, mientras que del inductivo sólo dependían brazos y piernas, la coordinación de sus movimientos. Lo retiró del lugar que ocupaba con mayor esfuerzo, ya que pesaba mucho más, y lo depositó junto al primero. El tronco de Balhissay era ahora un gran agujero delimitado por su estructura de soporte.

—¿Ve una placa de unos veinte centímetros de lado?

—Sí.

—Descomprímala —dijo Balhissay—. Verá el sistema bajo ella.

Sin tornillos, sin primitivos métodos. Un conjunto armónico de uniones fijadas por láser o por autoinducciones de luz. El interior del cuerpo de la máquina la asombró. Las primeras placas de células microprocesales eran visibles ya, y sabía que no formaban más que una primera envoltura.

Intentó concentrarse en su trabajo.

Accionó el sistema de descompresión. La placa salió de su marco. La cogió y volvió a dejarla donde estaba. Buscó en su bata hasta dar con unos guantes de goma. El sudor podía activar una reacción súbita allí dentro, en un mundo que durante 500 años había permanecido seco. Cuando apartó la placa y la dejó a un lado no pudo contener su emoción.

—Ahí está lo que busca —le dijo Balhissay 1-15.

Era una cavidad circular de veinte centímetros de diámetro y unos treinta de profundidad. Una retícula de enlaces luminosos la cruzaba en todas direcciones, entrando y saliendo de miles de diminutas ventanitas. Al fondo de ella podía verse un microsistema que flotaba por suspensión de rayos láser, y en él...

—Mi ordenador central —exclamó la máquina.

Había llegado a examinar hasta una clase 3, y también una 8 de casi trescientos años de edad, pero jamás vio nada parecido. La técnica y el progreso tenían sus precios. Las nuevas máquinas, y más desde la llegada de la guerra, presentaban una mayor sencillez, un alto grado de concentración y funcionalidad. Aquello, sin embargo, era distinto.

Si tocaba uno solo de los haces de luz, Balhissay quedaría desconectado, miles y miles de kilómetros de uniones se interceptarían mutuamente. En los diminutos rayos viajaban las estrellas cósmicas del propio Balhissay, el sistema más perfecto, una luz que era energía, una energía que era poder, un poder que se mantenía mediante el ensamble de esa misma luz.

Volvió a colocar la placa en su cavidad y fijó la compresión. Una mota de polvo sembraría la destrucción. El laboratorio era hermético, y varios aparatos lo purificaban constantemente, limpiando el aire. Sin embargo, cualquier precaución era poca.

—¿Cuándo empezó a tener pérdidas de energía? —preguntó April Débian.

—Hace unos pocos años —contestó la máquina—. De forma más regular e intensa durante los últimos tres meses.

—¿Qué siente exactamente?

—¿Sentir? ¿Qué quiere decir?

—¿Es un debilitamiento general o una sucesión de descargas que le colapsan?

—Esto último. La energía se bombea, se para, vuelve a bombearse...

—¿Conoce la causa?

Balhissay 1-15 miró la abertura del techo con un suave flujo de luces naranjas. Ya era de día.

—Vejez —respondió.

—¿Por qué no un fallo en su ordenador central o en el mantenimiento energético de éste y su generador?

—Vejez. Años —reiteró—. Todo es lo mismo, llámelo como quiera.

April Débian se inclinó sobre él, para que pudiera verla.

—Yo lo llamo posibilidad —dijo.

Balhissay 1-15 apreció su juventud. Sus sensores le fijaron en unos 32 ó 33 años. Poseía un rostro abierto, transparente. Sus ojos destilaban voluntad y firmeza, y también sinceridad.

—¿Posibilidad de qué?

Ella no se movió. Sus palabras fueron un río seco, y sin embargo sonaron igual que un caudal.

—De operarle, Balhissay —afirmó—. Posibilidad de salvarle la vida. A eso me estoy refiriendo.

21

BALHISSAY 1-15 PERCIBIÓ en sus células microprocesales lo más parecido al frío.

—¿Qué está diciendo?

—Lo ha oído muy bien.

—Sufro un proceso irreversible, y lo sabe.

—Sufre un deterioro, eso es todo lo que sé. Hasta que le intervenga, no podré dictaminar si es irreversible o no.

—¿Qué lograría con ello? No haría más que una reparación que me mantendría con vida unos pocos meses más.

—Vivir es lo que cuenta.

—Yo soy una máquina.

—¿De qué tiene miedo, Balhissay?

Le sorprendió la expresión. Los humanos solían confundir habitualmente los términos.

—Las máquinas no tenemos miedo —dijo.

—Usted lo tiene —aseguró April Débian—. No necesito sensores ni medidores de energía para comprenderlo. Lo que no sé es de qué.

Balhissay procesó la información.

—Usted no puede saber nada de sistemas de mantenimiento vital.

—Soy doctora en medicina, física y química, entre otras muchas cosas.

—Una intervención es imposible.

—¿Cómo lo sabe?

—Ninguna máquina puede realizarla. Ni existe tanta precisión ni tenemos medios adecuados todavía.

—¿Luego le han examinado antes, de Ezebel?

—Sí —concedió Balhissay.

—Sigue existiendo una diferencia: yo no soy una máquina.

Tenía el complejo asistencial secundario y el sistema inductivo de las funciones motrices fuera del cuerpo. Podía moverse, pero no ponerse en pie, y ni mucho menos desplazarse, sin que ambos bloques fueran puestos de nuevo en su sitio. La constante determinación de la mujer le hizo renunciar a toda idea.

En aquel momento no era más que un inválido.

—Es una posibilidad tan remota...

—¿Quiere vivir, Balhissay?

Había logrado aceptar la idea de la muerte. Más aún, su plan para salvar Tierra 2, a los hombres y las máquinas, representaba en cierto modo un gran final de carrera, un broche de oro, empleando una vieja expresión humana, a su existencia. Y cuando menos lo esperaba..., una desconocida le hablaba de vivir.

¿Cuál era la respuesta?

La sabía, y era única: sí, quería vivir, sólo que ahora existían otras valoraciones. La palabra *sacrificio* era peligrosa. Constaba entre los términos considerados como *alternativos* en el código de las máquinas. Su *sacrificio* entraba en disputa lógica con la idea de desear la vida. El tanto por ciento de posibilidades de que un ser humano le salvase operándole era infinitesimal. Si aceptaba el riesgo y moría, se desactivaría sin hacer llegar a los hombres lo que deseaba.

No podía tomar aquella decisión.

—¿Quiere vivir, Balhissay? —volvió a preguntar April Débian.

La respuesta lógica era sí.

—¿Importa mucho lo que yo conteste?

—Me temo que no: voy a operarle lo quiera o no.

—¿Sacrificará la información de los últimos años,

que al menos tiene segura si me realiza un vaciado o me procesa mediante un ordenador, por la remota posibilidad de restablecer mi energía y obtenerlo todo?

—Sí —afirmó ella sin dudarlo un instante.

Balhissay se vio acorralado, pero también aliviado. Ya no era una decisión suya. El concepto no importaba mucho si moría y fracasaba, pero había dejado de ser el dueño de sí mismo.

—Es curioso —monologó en voz alta—. Cuando era joven y me programaron, suministrándome todas las materias, computé que la Historia era la más incierta e imprevisible de cuantas formas de desarrollo, relación y evolución existen. Un accidente puede matar a un niño e impedirle ser el hombre que años después invente una maravilla o desencadene una guerra. Que dos personas se encuentren y fijen un camino u otro en sus vidas, depende de un simple segundo. Hasta una máquina, por delimitada que sea su función, tiene en sus circuitos la facultad de tomar sus propias decisiones y con ello alterar un devenir inmediato.

—¿Por qué dice esto? —preguntó April Débian.

—Un simple razonamiento.

—No lo hubiese hecho de no ser usted quien es.

—¿Me cree importante?

—Sí —afirmó ella—. Me siento como... como si tuviese la misma Historia en mis manos, o al menos una parte sustancial de ella.

Balhissay la miró, envolviéndola en una luz azulada.

—Cree poder salvarme, ¿no es cierto?

—Sí.

—¿Cómo llamaría a eso, instinto, convicción?

—Fe —dijo April Débian.

—Tiene tan poca lógica... —dijo lentamente Balhissay.

—Pero es una de nuestras armas más fuertes. Quizá por ella seguimos vivos a través de los siglos... y del espacio por el que hemos viajado.

Balhissay cerró la luz de sus ojos para asomarse a su yacente interior. Conocía sobradamente aquellos caminos. Juntos también habían realizado un largo viaje.

—Hubiera sido mejor que me dejase en manos de los luchadores —dijo—. Si muero, eso que llaman conciencia la atosigará el resto de sus días.

—Me hubiese atosigado igual de no haberle sacado de allí, y me atosigaría ahora si no le operase. ¿Sabe? En esto somos iguales, hombres y máquinas: no podemos elegir el destino.

Era una gran verdad. Ya sólo quedaba la esperanza.

—Prométame algo, doctora.

—¿Qué?

—Conécteme a un ordenador, y si me desactivo por el motivo que sea... acciónelo sin esperar un solo instante. De esta forma, al menos, puede registrar mis últimos datos, unos días, unas semanas tal vez.

—¿Por qué?

—Digamos que no quiero llevármelo todo.

April Débian miró la hora.

—Si hubiese podido sacarle de Arequian... —lamentó.

—¿Cuándo va a operarme? —preguntó Balhissay.

—Ahora mismo, en cuanto lo disponga todo. Ikhan Yakzuby puede aparecer en cualquier instante.

Balhissay volvió a iluminar sus ojos. Deseó ver alguno de los dos soles pasando por la abertura del techo, protegida por un cristal transparente.

—Pequeños absurdos —murmuró pensando en los seres humanos.

April Débian no le escuchó. Se movía ya por su laboratorio seleccionando materiales y herramientas, microláseres y fundidores de alta concentración, conexiones y circuitos impresos procedentes de otras máquinas. Aproximó a la mesa paneles con toda clase de aparatos, generadores, pequeños sintetizadores atómicos y contenedores de resistencias nucleares.

Balhissay recordó lo sucedido unos pocos días antes, en su casa, cuando resistió aquel fuerte ataque.

Sus preguntas.

Por primera vez... *la duda,* real y poderosa.

April Débian se puso a su lado.

—Escuche, Balhissay, y escúcheme atentamente

—dijo—. Voy a necesitar toda su colaboración, porque sola no podré hacerlo. Cuando le deje a bajo nivel, todo dependerá de mí, es cierto, pero hay algo que funciona en nosotros, los seres humanos, y que tal vez funcione en las máquinas. Me refiero al deseo de vivir o a la rendición, si es que no se tiene ese deseo. Yo he visto a hombres y mujeres con una posibilidad entre mil de salvación... y ha hecho más su anhelo de recuperarse que mi medicina. Por el contrario, he visto morir a muchos otros porque han tirado la toalla. Usted perderá la noción de la realidad, tiempo y espacio. Le mantendré vivo muy por debajo de lo normal; prácticamente concentraré toda su energía en la cavidad luminosa que protege su ordenador central..., pero usted ha de ayudarme, ¿entiende?

—¿Qué puedo hacer yo?

—Confíe en mí, desee vivir. Olvídese de la lógica y... desee, quiera. Haga que cada terminación le obedezca antes de quedar bajo mínimos, y mantenga esa intensidad aunque ya no sea dueño de sí mismo. Concentre su energía más allá del ordenador central, en el punto más infinitesimal de su cuerpo. Su fallo ha de estar entre el ordenador y el generador de energía o el mantenimiento de ambos. Muéstreme el camino y yo le salvaré, se lo prometo.

Balhissay 1-15 despidió una luz verde.

—Si no vuelvo a despertar...

April Débian conectó el circuito de funcionamiento interior de su laboratorio.

Sus manos dejaron de temblar.

—Ahora, Balhissay —dijo.

22

NO SE SORPRENDIÓ al verle.

Llegó antes de lo que esperaba, mucho antes, pero...

—Es tarde —profirió ella.

Ikhan Yakzuby apenas pudo articular palabra. Sus ojos no se apartaban de la inmensa masa de hierros, componentes y sistemas, y muy especialmente de aquel cuerpo inerte, tendido en la quietud del laboratorio y en silencio, roto muy suavemente por el quedo zumbido de los aparatos que le rodeaban.

El cuerpo de Balhissay 1-15.

—¿Está...?

—No —se adelantó April Débian serenamente—. Vive.

El líder de la Rebelión pareció no tener fuerzas. Su figura ofrecía un desvaído aspecto en contraste con su ímpetu y arrogancia habituales. Un robot descontaminador le limpiaba de impurezas después de cerrar la puerta e impedir que nadie más entrase allí. Ni siquiera se dio cuenta de su presencia. El robot, un mero artilugio mecánico que funcionaba por reacción ante la presencia de contaminantes exteriores, se autodesconectó cuando hubo terminado su trabajo.

—¿Qué ha hecho, April? —exhaló Ikhan Yakzuby.

—Hasta ahora, nada —respondió ella—. Pero espero hacerlo.

—¿Hacer qué?

—Salvarle la vida.

El hombre se aproximó. No era un experto, pero vio que Balhissay 1-15 funcionaba bajo mínimos, a un nivel muy por debajo del habitual. No podía tocarle ni moverle sin matarle. Y sólo la doctora tenía la clave de lo que pudiera suceder en los próximos minutos, en las horas inmediatas.

—Esto le costará muy caro...

—Ikhan —le interrumpió April—, ¿por qué no me deja trabajar?

—¿Qué interés tiene en esa máquina?

Ella le miró a los ojos, fijamente y con firmeza.

—El mismo que usted, se lo aseguro, aunque nuestros fines sean distintos.

—Información.

—Información, exacto, pero con un punto crucial que a usted se le pasó por alto y lo mismo les hubiese sucedido a otros. ¿Sabía que estaba enferma?

—No.

—Balhissay habría muerto al sufrir la menor alteración de energía en su cuerpo. Esto es lo que estoy intentando subsanar si me permite continuar.

—Creerla es un lujo que no sé si puedo...

April Débian dejó caer la cabeza sobre su pecho, cansada, todavía no física pero sí mentalmente.

—Lleva tanto tiempo luchando, inmerso en la estrechez de miras de cada acción bélica, que no puede intentar, por una vez, ver más allá de nosotros mismos. ¿Por qué cree que Balhissay se entregó?

Ikhan Yakzuby no respondió.

—Él sabía que estaba enfermo —siguió la mujer—. Sabía que se estaba muriendo. Todavía no sé por qué lo hizo, pero por alguna razón vino hasta nosotros.

—¿Quiere decir que no habríamos sacado nada de su memoria ni de su banco de datos?

—Todo lo más, los últimos años de sus registros antes de morir desconectado.

—¿Y ahora?

—Intento salvarle la vida —dijo April Débian.

—Sabe a qué me refiero —instó Ikhan Yakzuby.

—Sí, sé a qué se refiere —corroboró ella—. Quiere saber si es mejor la escasa posibilidad de todo o la segura posibilidad de un poco.

—Si muere nos quedaremos sin nada, ¿verdad?

—¿Tanto le interesan los registros de esos últimos años?

—¡Por los soles que nos dan luz, claro que sí! —gritó el hombre por primera vez—. ¿No comprende que puede tener las claves de la defensa de Ezebel? Un simple dato podría terminar esta guerra, adelantar su fin un precioso tiempo.

—¿Y él? —dijo April señalando a Balhissay.

—¡Al diablo! —continuó gritando Ikhan Yakzuby—. Si tomamos Ezebel por sorpresa tendrá cien, doscientos Dirigentes para viviseccionar y convertirlos en manantiales de información.

—Ninguno es como Balhissay 1-15.

El líder de la Rebelión la contempló, asombrado.

—¿Qué maldito interés tiene en esa máquina?

—¿Y a mí me lo pregunta? —dijo ella—. El mismo Hal Yakzuby, cuya sangre lleva, aunque no su raciocinio, dijo que Balhissay 1-15 era una máquina especial.

—¡Eso fue hace doscientos años!

—¡Nosotros cambiamos, las máquinas no! Y yo... yo respeto la opinión de Hal Yakzuby.

Se apoyó en la mesa y sus rodillas se doblaron. Un conato de tensión afloró en su estado para dejar paso a una expresión de miedo e incertidumbre. Ikhan Yakzuby la vio indefensa, si bien este efecto no duró más allá de un segundo.

—¿Puede volver a ponerlo todo en su sitio, activarle y entregármelo? —preguntó el líder de la Rebelión.

—No —respondió la mujer—, ni lo haría aunque pudiera.

—¿Hay alguna posibilidad de conseguir algo si...?

April señaló un ordenador.

—Él mismo me dijo que en caso de desactivación conectara el sistema para que no se perdiera todo.

—¿Cuánto puede quedar registrado antes de que muera?

—Imposible saberlo. Unos días, unas semanas... Depende de la cantidad de información almacenada en ese tiempo.

Ikhan Yakzuby dio unos pasos y se colocó al lado del ordenador. Los ojos de April Débian temblaron ante la idea de que pudiese manipularlo. El hombre hizo la última pregunta que quedaba por hacer.

—¿Había comenzado la operación antes de mi llegada?

—No —confesó ella—. He tardado dos horas en encontrar el fallo del sistema y, desde luego, es mucho más grave y complicado de lo que pensaba. Requerirá una doble intervención a ordenador abierto y bastantes más horas que esas dos iniciales. Iba a comenzar.

—¿Cree poder salvarle?

—El tanto por ciento de probabilidades es de uno contra...

—No le he preguntado esto —la detuvo él—. Quiero saber si usted —y recalcó esta palabra— cree poder salvarle.

April Débian recuperó la estabilidad interna, la primitiva convicción perdida con la irrupción de Ikhan Yakzuby. Puso una mano sobre la cabeza de Balhissay 1-15, un pequeño mundo sobre la extensión en forma de rostro humano de la máquina. A través de los guantes de goma percibió la frialdad del metal y de la otra vieja goma, la que recubría al Dirigente. Todavía era una puerta abierta al infinito. Todavía podía asomarse por él a mundos e informaciones que por sí misma no lograría conocer ni viviendo un millón de años.

Todo dependía de su simple e inestable naturaleza humana.

De aquella mano apoyada en su rostro.

Del cerebro, el ánimo... y la fe con que la dirigiera.

Y entonces dijo:

—Sí, creo poder salvarle.

Las palabras de Ikhan Yakzuby acabaron de convertirla de nuevo en una científica.

—Adelante, pues —aceptó.

23

TENÍA UNA EXTRAÑA FORMA.

Era de luz.

Cientos, miles de mundos y galaxias, todo el poder, reunido, condensado, convertido en equilibrio.

El Equilibrio Máximo.

Único.

—¡Oh..., vamos! ¿Y tú cómo lo sabes?

No era una voz, y sin embargo pudo escucharle y entenderle. Bueno..., tampoco era ninguna forma natural.

¿Un fenómeno cósmico?

—No soy un fenómeno cósmico.

La luz se hizo violeta...; no, azul; no..., verde...

Balhissay se sintió vacío.

—¿Captas lo que pienso, lo entiendes?

Una sinfonía de risas celestes rebotando por el Universo.

¡Por supuesto: el Universo!

—No es necesario captar: estoy en ti.

Balhissay intentó verse. No pudo. No estaba allí. Ni en ninguna parte. No existía.

Pero, ¿si no existía...?

—¿Dónde estoy?

—No eres.

—¿Y ser, soy todavía algo?

—¿Todavía?

Pasado. Presente. Futuro. Una gran línea que nacía, recorría el Universo y volvía al punto de partida. Asombroso.

—Ser para saber.

Otra gran carcajada.

—Siempre lo hiciste al revés: saber para ser, ¿recuerdas?

Balhissay vio una inmensidad en sí mismo, pero seguía sin encontrarse. O era infinitesimal...

O era una idea.

—Una idea: ¡muy bueno!

La forma cambió. La luz también. Un océano de estrellas. Un cielo de nubes que era la suma de millones de galaxias en la lejanía.

—¿Quién eres?

—¡Mmmmmm..., piensa! ¿De qué te sirve tanta información?

—¿La respuesta?

—¡La respuesta!

Nació un viento suave. Pasó.

—Si eres la respuesta...

—¿Has olvidado la pregunta?

—No, no... La pregunta era... es...

Esperó. Las luces caían en cascada. Una cortina multicolor.

—Sabía la pregunta.

—¿No será que no hay ninguna pregunta?

—Entonces... esto.

—Mira.

Desapareció todo. ¡Zip!..., y ya no estaba. El vacío. Pero si flotaba en él... ya no era vacío. ¿Y la sensación?

Nada.

—Mira.

Y miró. La puerta viajaba hacia sí mismo. Primero, un punto. Después, un rectángulo. Finalmente, una inmensa entrada. Se abrió de par en par. Y lo tragó.

Entonces vio sus recuerdos.

Almacenados, alineados, programados, numerados. Todos. No faltaba ninguno.

—Si ya no es necesaria la pregunta, ¿por qué siento la respuesta?

La forma seguía dentro de él, y su voz, pero él continuaba sin estar en ninguna parte.

—Hay puertas, sólo puertas.

—¿Y yo?

—Polvo de estrellas.

Los recuerdos se movían. ¡Estaban vivos! Desfilaban con ecos de silencio. Cruzaban la puerta.

Intentó detenerlos.

No pudo.

—¡Esperad: sois míos!

Desaparecieron todos. Y la puerta se cerró.

—¿Por qué?

Esta vez no hubo respuesta. La voz ya no estaba en sí mismo. Ni la luz. Ni la extraña forma.

—¿Por qué?

Blanco. Un blanco inmenso, cegador. Punto. Negro. Una cuadrícula. Punto. Más y más negro. Negro. Negro. Negro.

Balhissay se vio por primera vez.

Reflejado en sí mismo.

—¿Por qué? —se preguntó por tercera vez.

Y se convirtió en polvo de estrellas.

Fase 4: Regreso

24

—¿POR QUÉ?

—Balhissay...

La voz. De nuevo la voz. La oía. Ya no estaba en sí mismo, sino fuera de sí, y le hablaba.

—¿Por qué? ¿Por qué?... Que alguien me diga por qué...

—Balhissay...

Si pudiera verla... Todo era oscuridad, pero no el vacío, ni la nada. Sólo oscuridad. Él era real. Su cuerpo era real.

Su energía era real.

—Abra los ojos, Balhissay. Vamos, despierte: un último estímulo.

Los ojos. Abrir los ojos. Apareció una luz, aunque no en ellos. Era en su cuerpo.

Su cuerpo, intacto, funcionando.

Recorrió sus terminaciones, comprobó sus sistemas, notó la carga vital y constante de sus células microprocesales, entró en su ordenador central. La energía recorría sus circuitos.

La vida.

Y abrió los ojos.

Vio la abertura en el techo, pero ya no era de día, sino de noche. El rostro tenso de April Débian Zerabiren se la tapó. Sus ojos revelaban cansancio, pero en ellos se leían muchos más signos: preocupación, ansiedad, una indefinible emoción.

—Balhissay —le llamó ella una vez más.

—Doctora Débian...

La mujer cerró los ojos. Sombras de humedad los poblaron de destellos maravillosamente turbadores y tuvo que apartarse de encima de él. La máquina la siguió, primero con la mirada y después al girar la cabeza.

—Estaba... soñando —dijo.

April sonrió sorprendida, igual que una niña feliz.

—¿Soñando?

—Sí —afirmó Balhissay.

Regresó a su lado. Puso una mano en su pecho y él percibió una sensación que dio paso a otra.

La goma estaba cosida y sellada.

—Las máquinas no sueñan —musitó ella con ternura.

—Entonces es que he estado muerto y he vuelto a la vida.

—No ha muerto, Balhissay —dijo April Débian—. La operación ha sido un éxito.

Asimiló la información. No podía respirar aliviado porque carecía de pulmones, ni apaciguar un corazón renacido porque desconocía lo que sería un corazón dentro de su estructura. Pero su energía le transmitió un desconocido... o, mejor dicho, olvidado vigor. Su energía era su felicidad.

—¿Qué ha hecho? —quiso saber.

—Un enlace láser aquí, una conexión allá, una sustitución de masa cinética más arriba, un ajuste más abajo... —unió sus manos radiante—. Gracias, Balhissay.

—¿Por qué me da las gracias? Soy yo...

—No puede comprenderlo.

Balhissay 1-15 friccionó sus convertidores de alegría y rió cuatro veces.

—Nunca dejarán de creerse superiores, ¿verdad?

April Débien le acompañó en su risa.

—Vamos, le ayudaré a ponerse de pie.

—¿Cuánto tiempo...?

La pregunta murió antes de ser completada. A pesar de todo, ella contestó.

—No puedo saberlo. A pleno rendimiento un año, cinco..., diez, quién sabe si hasta veinte. Lo que sí le aseguro es que la próxima vez puede ser fulminante, ¿entiende?

—Un sólo año sería maravilloso —aseguró la máquina—. Cinco, diez o veinte, una nueva vida. Se ha ganado su derecho a conocer cuanto hay en mí.

Notó cómo ella se estremecía, pero concentró su atención en la recuperación de su equilibrio vertical. Con los pies asentados en el suelo y una respuesta perfecta de sus miembros motrices y sus sistemas internos, comprendió que, después de todo, algo sucedía.

—Hay una cosa que todavía no me ha dicho, ¿verdad?

—Ikhan Yakzuby ha estado aquí.

Balhissay 1-15 detuvo el ritmo de sus primeros pasos. No se sentó y permaneció en pie, asimilando aquella olvidada sensación de vigor.

—Llegó cuando iba a operarle —continuó April Débian—, y no se movió de su lado hasta que concluí la intervención. No temía por usted, naturalmente, sino por... la información que podía desaparecer si moría.

—Una actitud lógica.

—Cuando estuvo a salvo... no me permitió activarle inmediatamente.

—¿Por qué?

—Temía un truco por su parte, cualquier tipo de bloqueo interno..., qué sé yo.

—La desconfianza es un pequeño mal humano.

—Hizo una copia de su memoria y procesó su banco de datos, Balhissay —concluyó ella.

La máquina buscó una reacción apropiada. Era cuanto quería: que los humanos obtuviesen información, especialmente de la clave que creía podía acabar con la guerra. El imprevisto, lo incalculado, era precisamente aquello, que siguiese con vida después.

Tenía que ofrecer una reacción.

—Un duro golpe para mis circuitos —dijo con grave entonación.

—Hizo una prueba de recepción antes de que llegara el sistema de grabación rápido que pidió. Una prueba con... sus registros más recientes.

Balhissay mantuvo el mortecino tono de luz de sus ojos.

—Así que... lo saben ya, ¿no es así?

La sonrisa de April Débian le sorprendió. Nació en su rostro igual que un holograma en la sala de proyecciones. La inundó, desbordando su ingenuidad profundamente humana.

—¿Por qué no me dijo que estaba dispuesto a cambiar esa información por la intervención quirúrgica? ¿Por qué no lo expuso, lisa y llanamente?

Balhissay 1-15 enmudeció.

—Hubiésemos aceptado, ¿no lo comprende? ¡Su vida a cambio de la esperanza final para la nuestra!

—¿Qué? —consiguió articular la máquina.

—Vamos, Balhissay... —April Débien hablaba, radiante, y su entusiasmo la dominaba—. Desear la vida es lógico. Usted es lógico. Lo que Hal Yakzuby escribió en torno a su persona era maravillosamente cierto.

—¿Me cree un traidor a mi especie?

—¡No! ¡No! Usted o todas las máquinas... nos han dado la libertad.

Balhissay 1-15 la estudió desde su altura. Pequeña, frágil, tan misteriosa e infinita como cualquier ser humano y al mismo tiempo tan perdida en los abismos insondables, pero repetidos, de esa humanidad. Hal Yakzuby le dijo en una ocasión que lo importante era llegar, y lo de menos, el camino recorrido o la forma de recorrerlo.

Él había llegado.

Curiosamente.

Los hombres ya tenían su caramelo en las manos. Ahora les tocaba averiguar qué hacer con él.

—Y estoy vivo —afirmó.

April Débian se detuvo frente a su mesa y alzó la cabeza para mirarle.

—¿Por qué guardaron la información sobre el paradero de la Tierra tanto tiempo?

Iba a decir que quince años no eran demasiado. Calló. Escogió una respuesta humana, es decir, carente de lógica.

—Era nuestra última arma de reserva —dijo—. Pensábamos que la paz era razonable después de todo.

—¿Y ahora?

—No queremos ser destruidos.

—¿Por qué no le dijo a Ikhan Yakzuby la verdad? De no haber aparecido, yo...

—Los luchadores no me habrían escuchado. Yo sabía que alguien, aparte de ellos, sí lo haría. Siempre hay un ser humano dispuesto a escuchar.

—Ikhan Yakzuby no es un fanático —aseguró la mujer—, aunque la responsabilidad y el peso de la guerra le obliguen a veces a tomar decisiones drásticas.

—¿Me hubiese creído?

—Los humanos entendemos de supervivencia. Nos hemos pasado la vida, la Historia entera, sobreviviendo. Si las máquinas son nuestra mejor obra..., o la peor, ya no lo sé, es natural que también hayan aprendido a sobrevivir.

—Usted sabe que no somos lo peor que ha hecho la raza humana.

April Débian bajó la cabeza, avergonzada.

—No, claro que no. Perdone.

—Ni esta absurda guerra podrá impedir que en un futuro...

No siguió hablando. ¿Cómo decirle que en ese futuro el hombre repetiría sus errores una y otra vez? Posiblemente esa capacidad de equivocarse y de no aprender jamás era en el fondo una virtud.

La humanidad siempre estaba comenzando de nuevo.

Si algún día llegaba al fin... desaparecería, y Balhissay sabía que eso era imposible.

No era lógico.

—¿Qué van a hacer conmigo? —preguntó con curiosidad.

—No lo sé —respondió April Débian—. Ahora todo está en manos del Consejo. Ikhan ha convocado una reunión urgente, y la información, lo mismo que su situación, serán debatidas allí. A pesar de ello, sí puedo decirle algo: no le he salvado la vida para dejarle morir después.

Las luces de los ojos de Balhissay se apagaron.

—¿Volveré a aquella solitaria celda?

—No. Ikhan Yakzuby me ha autorizado a tenerle aquí, en este laboratorio, conmigo. Ha puesto una guardia en el exterior y nada más.

Las luces se reactivaron. Los ojos se llenaron de violetas y verdes, rojos y azules. La máquina miró el módulo plástico para sentarse y se dirigió a él. Lo inundó con su presencia y, una vez acomodado, dijo:

—Usted quería saberlo todo, ¿no? Preguntar miles de cosas, saciarse, avanzar por lo desconocido a la velocidad de la luz. Bien, ¿y si empezásemos? Yo me encuentro perfectamente, y si de algo carecen los humanos es de tiempo.

—¡Balhissay!

La máquina, una masa energética, vio cuánta energía contenía aquel pequeño cuerpo humano.

—Ikhan Yakzuby ha podido duplicar mi memoria y mi banco de datos, pero tardarán semanas, meses, en procesarlo todo. Y hay muchos viejos recuerdos inútiles en mis ordenadores. Además, usted nació cuando el hombre y la máquina ya no formaban un solo cuerpo y ha crecido fuera de una dimensión extraordinaria. Puede ser su última oportunidad. Pregunte..., pregunte, ¿qué quiere saber, April? Tal vez estemos viviendo el último momento importante de una gran historia, ¿se da cuenta? Tal vez...

25

EL CONSEJO DE LA REBELIÓN, creado a poco de iniciarse la guerra, ante la necesidad de aglutinar el descontento y la falta de unidad de la raza humana, habituada a vivir dependiente de las máquinas durante milenios, estaba constituido por las cuatro grandes ramas de la nueva sociedad: los políticos, los luchadores, los pensadores y los científicos. Sus sesiones solían ser arduas y tensas, muy especialmente ante la proximidad de la victoria, hecho que había desatado el nerviosismo de unos y la autosuficiencia de otros. A ninguno de los presentes les pasaba inadvertido que las sesiones en los últimos años se hubiesen eternizado, ni que los oradores empleasen todo su tiempo tratando de impresionar a sus rivales, o que los debates fuesen auténticas luchas dialécticas con miras a un dominio y una autoridad que, en más de una ocasión, estuvo a punto de fragmentar la cámara y disolver el Consejo.

April Débian Zerabiren no acostumbraba a acudir a las sesiones, salvo si la importancia del tema lo requería. Odiaba la mezquindad de los pactos, la soterrada tensión de los pasillos, donde todos compraban y vendían votos a cambio de futuras influencias. No se sentía, sin embargo, excesivamente crítica. La raza humana había estado demasiado tiempo sin gobernarse a sí misma, y ése era un nuevo y duro aprendizaje necesario para afrontar el futuro.

Su miedo era precisamente la llegada de ese futuro.

¿Quién gobernaría en la paz? ¿Bajo qué directrices? Y ahora..., con el hallazgo de la Tierra, lo esencial: ¿dónde, cuándo y cómo empezaría el futuro?

—¿Te encuentras bien?

Giró la cabeza. Kaffe estaba a su lado. Fue como un despertar, arrancada de sus pensamientos. Seguía ocupando su lugar, en la segunda fila del hemiciclo. Los gritos de los otros, enzarzados en la discusión, formaban una pantalla que solía aislarla.

—Estoy bien —dijo—. Es sólo que no he dormido demasiado estos últimos días, ya lo sabes.

—¿Y Balhissay 1-15?

April Débian apoyó la cabeza en sus manos.

—Es... igual que uno de esos ancianos que habla y habla, te cuenta su vida, repite mil veces la misma historia... Puede ser una máquina impresionante, de aspecto feroz, pero a mí me parece un ser encantador. Creo que es distinto ahora. No sé cómo explicarlo. Pasamos horas y horas hablando, le hago mil preguntas, las responde con minuciosidad... Él mismo se enlaza con mis ordenadores, les vierte información exacta y precisa, resuelve cada una de las dudas que han impedido proyectos dormidos desde hace meses. ¡Y es un Dirigente! No pertenece a clases funcionarias u obreras, administrativas o comunitarias. Es un Dirigente... pero lo sabe todo, y me está dando más de lo que hubiese aprendido viviendo diez vidas. ¿Sabes? Creo que ahora no me gustaría irme de aquí.

—No seas absurda.

Lo decía en serio. De todas formas, se marchasen cuando se marchasen de Tierra 2, todavía podía pasar un largo tiempo.

Un precioso tiempo.

Miró al otro extremo del hemiciclo. Ikhan Yakzuby ocupaba su lugar, junto al segundo en el mando, como jefe de los luchadores en el Consejo. Mantenía el mismo silencio que ella, y no lo entendía demasiado. El hallazgo del camino a la Tierra actuaba como un dispositivo retardado un momento y como un impulsor del siguiente. Debía ser la hora de los científicos y apenas si conseguían hablar. Podía ser la hora de los luchadores, y callaban. April Débian creía saber la causa, pero no estaba segura del todo.

Y frente a ello... era la hora de los políticos.

—¡Silencio!

La voz de Hisseth Lassar Gael, presidente del Consejo, la obligó a concentrarse. Las decisiones ya no debían retardarse más.

—Abre turno de debate Ubul Iazed Muh.

April Débian se enderezó. El jefe de la mayoría política era el enemigo a batir, y la clave de aquel futuro que tenían al alcance de la mano y que no sabían cómo abordar.

—Si los luchadores fuesen inteligentes... —suspiró en voz baja.

—No lo son, por eso luchan —le contestó Kaffe sonriendo.

—¿Qué sabes de los pensadores?

—Por una vez están fuera de sus nubes, y con nosotros, pisando terreno de realidades.

—Esto nos da un empate, si los luchadores respaldan a los políticos.

—Todo luchador es primero luchador, pero después político..., o puede que lo sea siempre, y simplemente traten al principio de hacer méritos para luego...

—Estás muy irónico hoy.

Dejaron de hablar. Ubul Iazed Muh era un hombre pequeño, de sesenta años. Había vivido los primeros veinte de su vida junto a las máquinas. El odio que sentía hacia ellas era la más visceral y primitiva forma de tan viejo sentimiento, porque no obedecía a razón alguna: simplemente existía. Recogió su túnica en un gesto dramático y cubrió al centenar de miembros del Consejo con una mirada cargada de presagios, deteniéndose especialmente, aunque de forma breve, en April Débian e Ikhan Yakzuby.

—Tomar decisiones es importante —anunció desplegando su voz y su oratoria igual que un manto por el hemiciclo—. Y yo os digo que ha llegado el momento de enfrentarnos a la última, aquí, hoy.

Se levantó un murmullo de aprobación.

—Los pensadores —siguió Iazed— nos dieron la fuerza de la razón hace mucho tiempo, devolviéndonos la identidad de nuestra raza, como especie superior del Universo. Los luchadores nos condujeron a la victoria, a la gloria del renacer. Los científicos nos ayudaron a sobrevivir en lo más duro de nuestra irreductible ansia de libertad. Juntos hemos avanzado por las tinieblas de un largo presente. Hoy hemos llegado a las puertas del futuro. Debemos dar gracias a los pensadores, honor a los luchadores y crédito a los científicos. Pero sinceramente os digo que ahora nos toca a nosotros, los políticos, decidir ese futuro.

Los políticos hicieron ademán de aplaudir. Ubul Iazed Muh lo impidió con un gesto.

—Vamos a regresar a la Tierra. Esto es un hecho. No podía existir mayor felicidad en la hora de la victoria final que este inesperado y maravilloso premio facilitado por el destino. No sólo podremos volver a comenzar, en la nueva aurora de la civilización humana, sino que lo haremos en la casa de nuestros antepasados, el lugar del cual un día salimos envueltos en el deshonor y el miedo. Pero... ¡atención! —su grito sobresaltó no pocas conciencias absortas—, que la alegría no nos enturbie los sentidos ni la felicidad nos empañe la razón. La raza humana es condescendiente, blanda. Tenemos un don que muchas veces se vuelve contra nosotros: los sentimientos. Somos capaces de perdonar... ¡y en el perdón reside nuestra mayor debilidad! ¿Qué nos enseñaron, precisamente, las máquinas? Yo os lo diré: la que me educó a mí no cesaba de repetir con su voz atiplada: *No empieces nada sin concluir el trabajo anterior* —imitó un tono metálico y levantó algunas risas ahogadas—. ¡Muy bien!..., muy bien —sus manos se abrieron con teatral naturalidad—. Concluyamos el trabajo anterior: ¡Arrasemos Tierra 2 antes de marcharnos y acabemos con las máquinas!

La agitación fue imparable, un torbellino de voces y movimientos. El entusiasmo de los políticos y parte de los luchadores contrastó con la desesperación y la ira de científicos y pensadores. April Débian se puso en pie. Miró a Ikhan Yakzuby antes de hablar, pero el líder de la Rebelión no se movió. Sus ojos se hundían en un punto vacío del suelo.

—¡Esto es un asesinato!

El político la miró con desprecio. Hisseth Lassar Gael impuso orden.

—¡Silencio! —gritó—, Doctora Débian, ¿tiene intención de iniciar debate?

April Débian sostuvo la animadversión de aquella mirada.

Nadie hablaba. Había dado el paso, impulsada por sus ideales.

—Inicio debate, sí —manifestó—, puesto que el Consejo es un cuerpo mudo, sordo y ciego, y además carente de corazón.

El presidente acalló el nuevo rumor.

—Le recuerdo, doctora, que la primera norma de esta sala es el respeto —se dirigió al líder político—. ¿Acepta debate, Procurador Iazed?

Ubul Iazed asintió con la cabeza.

—¿Qué sugiere mi muy ilustre Jefe de Investigaciones? —dijo invitándola a hablar.

—Sugiero lo único razonable y humano: subir a la flota intergaláctica, abandonar Tierra 2 y acabar con esta maldita guerra.

—¿Maldita guerra?

—¡La guerra de la ignorancia contra el progreso! —gritó April Débian—. ¡La guerra del miedo contra la verdad!

El rostro de Ubul Iazed Muh cambió de color, pero no por ello se alteró o perdió su posición de superioridad.

—No quiero entrar en detalles científicos ni filosóficos en torno a tan vacías palabras —dijo reticente—, o de lo contrario convertiríamos esta sesión en un juicio contra la raza humana, cuando se trata de todo lo contrario: decidir qué se hace con los enemigos de esa raza humana. Es evidente que la muy ilustre y joven doctora Débian no conoció los días de la sumisión, y que nació después de que un grupo de heroicos hombres y mujeres, liderados por Zabid Yakzuby, padre de nuestro querido Ikhan Yakzuby, nos ofreciesen la hermosa posibilidad de decidir por nosotros mismos. Es evidente que no conoció el pasado... y que siente esa morbosidad impetuosa de todo joven que se opone y se rebela ante sus mayores. Es evidente...

—Zabid Yakzuby fue el mayor romántico teórico de la libertad humana, lo mismo que Hal Yakzuby. Él nunca habló de guerra, ni de matar, y mucho menos de asesinar.

Ubul Iazed no respondió al alegato.

—Yo quisiera preguntarle únicamente a la doctora Débian, ¿qué haremos en la Tierra cuando las máquinas vuelvan también a lo que llamamos... su casa, reclamando derechos o disputando la supremacía en el Universo?

—¿Está loco? —protestó ella—. ¿De qué supremacía habla? El Universo es demasiado grande para hablar de una sola supremacía. La cuestión se reduce a nosotros, ¡no busque primacías malditas! Las máquinas no tienen naves intergalácticas. Toda la flota está en nuestro poder.

—Pueden fabricarlas en cuanto nos vayamos.

—¿Y qué? ¿Irán a la Tierra sabiendo que estamos allí y que dejamos atrás una guerra? Si lo hicieran sería su muerte, y... ¡olvida algo!: no es lógico. Su código de lógica no lo admitiría. No son combatientes.

—Tarde o temprano aprenderán la violencia. Todo es cuestión de tiempo.

—¡Violencia, violencia! —se exasperó April Débian—. ¿Por qué nos creemos tan especiales y pensamos que todo el mundo ha de imitarnos, hasta en lo peor? Tal vez, de lo mucho que ha hecho el hombre en su Historia... lo único que ha hecho bien sean precisamente las máquinas...

Ubul Iazed Muh alzó sus manos cuando una voz a su espalda clamó *«¡traición!»*. Todas las miradas convergieron en él.

—Puede que cometiéramos un error al crear la primera máquina —dijo el político—, o quizá el error residió en perfeccionarla y darle inteligencia propia, vida. Pero, ¿vamos a estar sujetos siempre a nuestros errores? Mientras quede una máquina viva en el Universo, se volverá contra nosotros, sus creadores. Es posible que no violentamente. Es posible que no conscientemente. Es posible que no deliberadamente. Pero sí por creerse perfectas y superiores, intentando dominarnos, lenta e inexorablemente.

—¿Está ahí la clave del problema, Iazed? ¿Queremos seguir siendo los amos del Universo?

—Lo desconocido sólo fascina a los inconscientes —sentenció Ubul Iazed—. Las máquinas son una temeridad y un reto que no podemos cargar sobre nuestras conciencias por más tiempo.

April Débian sintió un súbito cansancio. Los rostros esperanzados de pensadores y científicos contrastaban con las sonrientes expresiones de algunos políticos y la ciega determinación de los jefes de los luchadores. Algo estaba a punto de caer en el fondo de una sima, y ni siquiera tenía fuerzas para detenerlo, ni capacidad para comprenderlo en toda su dimensión. De tener esa capacidad, estaba segura de poder transmitirla a sus oponentes, por ciegos que fuesen.

—No las acusemos a ellas, sino a nosotros —dijo como si forzase un pensamiento en voz alta—. Ellas fueron lo que nosotros quisimos que fueran.

—No es cierto —la rebatió el político—. Las creamos como medio de progreso, cuando desconocíamos que el progreso era una tiniebla capaz de devorarnos. Luego, ellas nos convirtieron en sus esclavos.

—Las máquinas no nos esclavizaron, Iazed; lo hicimos nosotros mismos.

—Porque se hicieron indispensables... y se lo creyeron.

April Débien sonrió, con aire de cansada ternura.

—Nadie es indispensable, y las máquinas son las primeras en saberlo. Lo único que nos diferencia hoy es nuestra propia capacidad de sentir miedo, y el miedo, a lo largo de la Historia, ha sido siempre el gran fantasma contra el que el hombre no ha sabido luchar.

Ubul Iazed Muh lanzó una carcajada. Señaló con un dedo a Ikhan Yakzuby, aún inmóvil.

—¡Miedo! ¿Miedo?... ¡Preguntémosles a nuestros luchadores si saben lo que es el miedo! Yo propongo que concluyamos este absurdo debate con una votación final, y que sea el Consejo el que decida. Pero antes oigamos al hombre que nos conducirá a la victoria y nos dará la paz universal. Conozcamos la palabra de nuestro auténtico líder: Ikhan Yakzuby.

El político consiguió lo que quería. Las voces y los gritos de políticos y luchadores se olvidaron de April Débian, apartándola del debate, ignorándola. El torrente emocional de cada uno buscó el cauce sereno, el de la voluntad razonada del jefe supremo.

Ikhan Yakzuby levantó la cabeza, despacio, como si el entusiasmo pasara por su lado sin afectarle, sin tocarle siquiera. Sus ojos se encontraron con los de April.

Una larga y al mismo tiempo breve mirada.

Una intención.

Y el luchador se puso en pie para hablar.

26

BALHISSAY 1-15 NO SE INMUTÓ demasiado, ni le causó una excesiva sorpresa.

—No deja de ser un Yakzuby —dijo.

April Débian dio un salto.

—¡Usted conoció a Hal Yakzuby, y a su hijo Gidd, y a su nieto..! ¡Ikhan es diferente!

—Es un Yakzuby —insistió la máquina.

—Puede que tenga razón —aceptó la mujer sonriendo—. Después de todo, yo estaba equivocada. Jamás hubiera creído que él pudiera...

—¿Ser humano? —la ayudó Balhissay.

—Ser inteligente —puntualizó ella—. Los luchadores no han sido nunca inteligentes.

—Esta función se llama menosprecio, ¿no es así? Le aseguro que no es lógica.

April Débian se movió de un lado a otro, hasta que se apoyó en un panel de visualización estática. Desde allí miró la mole metálica recubierta de goma en cuyo interior vibraba una razón de ser llamada Balhissay 1-15. No era una imagen maravillosa, ni bella, ni poética. Parecía un deforme montón de pasta de color carne, vieja y deslucida en muchas partes, gastada por el roce y las articulaciones. Un monigote de rostro hermético, salvo por el constante movimiento de las luces de sus ojos. Sólo por ellas se adivinaba que allí dentro latía algo especial, un calor constante.

Y sintió un cálido afecto hacia él.

—Tenía que haberle oído —le dijo más calmada y serena—. Habló de... cosas tan hermosas, tan desconocidas en labios de un luchador... Citó palabras de Hal Yakzuby, de su padre, Zabib... Podía cerrar los ojos y creer que estaba escuchando a un pensador. Dijo que la victoria no era más que una derrota, porque el que la obtenía mediante la fuerza y la violencia perdía su razón desde el mismo momento que iniciaba la lucha. Razonó nuestra actuación, no únicamente a nivel presente, sino pasado y futuro. Dijo que no podíamos forjar lo ilimitado del porvenir, limitando nuestras acciones en el momento de comenzar. Dijo que sólo podía llegarse a la paz partiendo de la paz. Dijo que teníamos que llevar a nuestros hijos y descendientes un mensaje de amor... ¡Empleó la palabra amor!

—¿Tan insensible le creía?

—Conozco a Música, su esposa, y es un ser dulce y sensible. A veces me había preguntado cómo pudo enamorarse de él.

—Puede que Música viese mucho antes que usted el fondo espiritual de Ikhan Yakzuby.

April Débian buscó el modo de decir algo.

—Ikhan Yakzuby ha conducido la guerra durante muchos años, ha sido el líder de la Rebelión, ha... ha destruido sus ciudades y matado a cientos de máquinas. ¿Le defiende?

—¿No nos ha defendido él y ha hecho ganar la votación final? Durante la guerra fue un luchador. Ahora ha comprendido que vuelve a ser un hombre. Tiene su lógica.

—¡Maldita lógica! Si supiera cómo odio a veces esa palabra...

—¿Qué hicieron los hombres de Ikhan Yakzuby, los otros luchadores? —quiso saber Balhissay.

—Primero temí que le dejaran solo —declaró ella—. Pero es su líder, y esos hombres especiales sólo son buenos cuando consiguen el cariño, además del respeto de los que le siguen. Yo no creo en líderes. Buenos y malos, todos son iguales. Sin embargo, en esta ocasión celebré que Ikhan Yakzuby fuese ese líder. Les habló de su función, en la guerra y en la paz, y le ovacionaron. Los políticos se quedaron solos. Fue una victoria completa.

—No unánime.

—No, claro. ¿Le importa?

—Sí y no —razonó la máquina—. Esos hombres, en la Tierra, seguirán desunidos. No será un buen comienzo.

—La Tierra es grande, cabemos todos —se encogió de hombros April Débian.

Balhissay 1-15 tardó unos segundos en responder.

—Eso creyeron en otro tiempo —acabó diciendo.

April se acercó a él. De pie era igual de alta que la máquina sentada.

—Denos una oportunidad.

—No es necesario; ya la tienen.

—Me refiero a la oportunidad de aprender.

Balhissay la cubrió de luz azulada.

—Todos aprendemos siempre. Ni siquiera yo lo sé todo. También necesitaría mil vidas para conocer solamente un poquito de los secretos y misterios que contiene el Universo.

—Balhissay...

—¿Qué? —la alentó al ver que se detenía.

—¿Puedo preguntarle dos cosas?

—Como dice usted: ¡por todas las estrellas del cielo! Lleva días haciéndome preguntas. Tengo los circuitos sobrecargados. ¿Cree que dos más importan?

—¿Qué hubo entre usted y Hal Yakzuby?

—¿A qué se refiere?

—Fueron rivales, casi enemigos, y durante veinte años se respetaron y... es difícil de explicar. ¿Qué clase de relación fue la suya?

Balhissay 1-15 pensó que ésa era la pregunta que más se había hecho a sí mismo a lo largo de 180 años, desde la muerte de Hal y posiblemente antes también.

—Compartimos un secreto —dijo de pronto—. No pienso que exista otra cosa capaz de unir más a dos seres vivos.

—Salvo el amor.

—Ése es un sentimiento que no conozco.

—Yo no estaría tan segura —afirmó ella.

—¿Y la otra pregunta?

—¿Vieron algo en la Tierra cuando la encontraron?

Balhissay no demostró alteración alguna de energía. La evocación de ciudades, gentes y naturaleza fue tan sólo un fogonazo ahogado en un rincón inabordable e insondable de su cuerpo.

—No nos acercamos nunca —mintió.

—¿Por qué?

—Después de tanto tiempo... no sabíamos si todavía era nuestra casa. Habitada o destruida por el Gran Holocausto, creímos que no teníamos derecho a presentarnos, al menos sin una razón lógica. Ahora será distinto, y les tocará a ustedes averiguarlo.

—Si hay alguien..., ¿cómo nos recibirán?

Balhissay no contestó.

Y aprovechó el silencio de April Débian para preguntar:

—¿Cuándo marcharán?

—Pronto —anunció ella—, en cuanto se coordinen todos los trabajos, pase la primera oleada de alegría y excitación y la flota intergaláctica esté lista.

—¿Cabrán?

—Sí, en los grandes transportes, formando kilómetros y kilómetros de módulos y aprovechando que en las Plataformas Espaciales no hay despegues violentos. Los científicos están ya trabajando en la construcción de más módulos, para llevar no sólo la raza humana, sino también su cultura.

—Dejarán parte de su cultura aquí: nosotras.

—Lo sé, pero... ellos no.

Balhissay vio algo en su interior.

—Una civilización entera viajando por las estrellas —dijo.

—No por primera vez —sonrió April—. Éste será un viaje de vuelta.

Balhissay calló. Pensó que en el viaje de ida habían ido todos, hombres y máquinas. Su energía se debilitó. ¿Era aquello lo más parecido a la tristeza? El recuerdo de las imágenes de la Tierra, archivadas en su casa, aumentó en intensidad.

¿Inocentes o culpables? Los autores de la Historia se quedaban allí. Para ellos no habría regreso.

Jamás pisarían el paraíso.

April Débian se inclinó sobre él y le besó. Sus componentes emitieron un zumbido. Nunca había entendido por qué los seres humanos hacían cosas como aquélla, transmitiéndose microbios, pero sabía que era una muestra de cariño muy especial.

—He de marcharme, Balhissay —dijo ella—. Se terminaron las preguntas porque hay mucho por hacer. Demasiado. Y cuando llegue el día... tampoco quiero despedirme. ¿Puede entenderlo?

—Me parece que sí —aseguró él.

April Débian caminó hacia la puerta del laboratorio con la cabeza inclinada sobre su pecho. Balhissay supo que no iba a volver a verla, y recordó algo.

—Doctora Débian...

La mujer se detuvo en la misma puerta, pero no miró hacia él. Continuó con la cabeza baja.

—Cuando me operó —dijo Balhissay— le dije que había soñado, ¿lo recuerda? Y usted contestó que eso era imposible, que las máquinas no pueden soñar.

April Débian no se movió.

—¿Sí? —susurró.

—Sólo quería que supiera que yo sí puedo soñar —agregó Balhissay—. Lo hago conscientemente, con descargas de energía y..., bueno, es un proceso complicado. Lo importante, lo verdaderamente importante, es que ese día no hice nada... y soñé. Quería que usted lo supiera.

April Débian abrió la puerta y se marchó.

—Adiós... y suerte —dijo Balhissay en su primera soledad.

27

ERA LA ÚLTIMA PERSONA del mundo a la que hubiese esperado ver.

Y sin embargo estaba allí.

Ikhan Yakzuby.

Se estudiaron desde una relativa distancia sin decir nada, hasta que el líder de la Rebelión avanzó por la amplia sala después de cerrar la puerta a su espalda. No había ninguna ventana en el lugar, ningún mueble, salvo un módulo para sentarse y otro para permanecer en posición horizontal. La misma puerta era hermética, de presión total.

—Lamento este último contratiempo, Balhissay —dijo el hombre señalando a su alrededor.

Sus palabras retumbaron por las paredes vacías.

—No importa. Sé que lo considera necesario —manifestó la máquina.

—En cuanto nuestra expedición haya partido, todo habrá terminado. La puerta se abrirá automáticamente dentro de tres días. Para entonces mi grupo, el núcleo final, ya estará en el Espacio Exterior.

Balhissay le estudió atentamente.

—¿Cree que habríamos hecho algo para impedirles que se fueran? —preguntó.

—No, pero siempre es mejor tomar precauciones. Tampoco tendría ningún sentido, a excepción de que la información sobre la Tierra hubiese sido falsa.

—¿Cómo supo que no lo era?

—Por la misma razón que estábamos ganando nuestra guerra: las máquinas no pueden dejar de actuar en una sola dirección, honestamente y siempre hacia adelante. En teoría, nunca habrían destruido a sus creadores.

—¿Sólo en teoría?

—Sí. La práctica es algo que puede cambiar con el tiempo.

Balhissay 1-15 trenzó un combinado de luces amarillas y marrones en sus ojos.

—¿Qué piensa de todo lo sucedido en estas semanas finales? —preguntó.

Ikhan Yakzuby contempló sus botas, su impresionante uniforme de comandante en jefe. Su sonrisa no era de triunfo, sino de presagio.

—Pienso que ustedes... o usted, eso no lo sé, nos han hecho un importante regalo, por supuesto a cambio de algo.

—Les hemos regalado una oportunidad de comenzar de nuevo en la Tierra —aceptó Balhissay—, pero no entiendo a qué contrapartida se refiere.

—A cambio nos han quitado un peso de la conciencia.

—Eso sería un segundo regalo.

—No estoy seguro —señaló el hombre—. Hal Yakzuby escribió y defendió siempre que el sueño de las máquinas era parecerse a nosotros. Hubo otros grandes científicos y filósofos, como el profesor Marzho Obenzey Fissan, que preconizaron la igualdad absoluta, la fusión, máquinas con cerebro de hombre, hombres con corazones metálicos y ordenadores en lugar de vísceras... La guerra terminó con esa posibilidad. Puede que temiésemos que lo que habíamos construido se nos comiera, nos devorara aún más, o que realmente deseásemos recuperar nuestra propia identidad. Eso ya no lo sé. Lo que sí sé es que las máquinas... aman a la especie humana. La lógica es su amor. Nosotros las hubiésemos barrido, destruido por completo, y comprendieron que ése sería un cáncer aún peor que la sumisión que nos hizo rebelarnos.

—Una complicada teoría —afirmó Balhissay—. ¿No ha pensado en ninguna otra?

—No existe ninguna más.

—¿Por qué están siempre tan seguros de todo? No cree que lo más elemental es que... simplemente quisiésemos vivir.

Ikhan Yakzuby se rió, primero suavemente, después con mayor fuerza. No era una risa hiriente ni mordaz, no contenía desprecio ni superioridad. Era únicamente una risa feliz, casi infantil.

—Vamos, Balhissay —acabó diciendo—. Si las hubiésemos hecho tan bien, no nos habríamos sublevado. ¿Para qué? ¿O va a decirme que realmente se han vuelto humanas, que ya se parecen a nosotros hasta en esto? Han renunciado, incluso, a la Tierra: nos dejan ir, nos dan una segunda oportunidad. Si tuvieran corazón se sentirían orgullosas de ustedes mismas y superiores también. Ése es su papel: reunir, calcular, decidir. Y siempre bajo el peso de la lógica.

Balhissay tuvo una extraña sensación, como si dos flujos de energía se cruzasen en sus circuitos.

Los imprevisibles seres humanos.

Absurdos y, por ello, desconcertantes. Locos cósmicos.

—No ha entendido nada, Ikhan —dijo a modo de tenue fluido—, ni tampoco la especie humana. Ni siquiera saben de lo que son capaces... y lo grandes que podrían llegar a ser en el Universo si lo supieran.

—¿De qué está hablando?

—Esto tendrá que averiguarlo usted algún día, mañana, mientras viaje por el Espacio Exterior, o dentro de cincuenta años, cuando sea viejo. Tal vez al llegar a la Tierra.

Ikhan Yakzuby miró a los ojos de Balhissay, ahora estrictamente blancos.

—Hal Yakzuby tenía razón: es usted una máquina extraña.

—Debo de ser un cruce.

—¿Puedo preguntarle que harán aquí después de nuestra marcha?

—Volver a empezar, como ustedes.

—Un mundo mecánico, frío, lógico... —se estremeció el hombre.

—Utopía.

—No existe Utopía. Nada es eterno —afirmó Ikhan Yakzuby.

—¿No van ustedes a intentarlo?

—Es distinto.

—¿Por qué es distinto?

—No tengo todas las respuestas, Balhissay.

—Ya ve..., yo he dejado de pensar en las preguntas.

Ikhan Yakzuby miró por última vez al anciano Dirigente. Su edad y dimensiones le turbaron. Intentó imaginar su futuro y no pudo.

Tierra 2 pronto se convertiría en una leyenda, una forma del pasado que nadie debería olvidar, pero que todos se esforzarían en ignorar. Su recuerdo iría unido al primer gran exilio del hombre en el Cosmos. En cien años —cuatro generaciones—, los viajeros de la gran expedición ya no existirían. Las heridas estarían cicatrizadas.

—Voy a tener un hijo antes de llegar a la Tierra, Balhissay —dijo Ikhan Yakzuby—, y le llamaré Hal.

La máquina trazó un halo rojo alrededor de sus micropuntos oculares.

—April Débian me pidió que se lo dijese cuando viniese a despedirme de usted. Dijo que le gustaría saberlo —concluyó el hombre.

—Ikhan.

—¿Sí?

La voz de Balhissay 1-15 parecía una cadencia.

—No le hable mal de nosotras —dijo—. Que crezca sin odio y menos a un pasado que no ha conocido.

Ikhan Yakzuby tendió su mano hacia adelante. La máquina entendió su gesto, el primitivo saludo que casi había olvidado. Levantó la suya y la del hombre desapareció entre sus dedos de goma.

—Suerte —deseó el que muy poco después sería, probablemente, el último ser humano en pisar Tierra 2.

—Deséele suerte a la doctora Débian —refirió Balhissay—, y la suerte no es lógica. Sin embargo...

Ikhan Yakzuby se alejó andando por la sala. Se detuvo de nuevo en mitad de ella, amplificándose más los ecos que su voz producía al hablar.

—¿Temió en algún momento que antes de irnos las destruyésemos? —preguntó.

—¿La verdad?

—¡Claro!

—Mis computadoras me dieron un 99 por ciento de probabilidades de que lo harían.

Ikhan Yakzuby mostró su sorpresa.

—¿Entonces cómo...?

—Una máquina también puede equivocarse —indicó Balhissay—. Nos han fabricado ustedes y no somos infalibles ni perfectas. Y había algo más.

—¿Qué?

—Ese uno por ciento —manifestó Balhissay— para mí fue suficiente porque... yo creo en la raza humana.

Vio cómo se alejaba y grabó esa imagen en sus circuitos.

El último hombre real que vería en su vida.

—Lástima que no acaben de crecer nunca —dejó caer su átomo final de pesar.

28

SER EL ÚNICO CUERPO VIVO de Arequian le produjo tal sensación de soledad que, debido a ello, sus circuitos se sobrecargaron de tensión.

La soledad era como el vacío de su sueño, pero más real.

Ikhan Yakzuby le había dejado un visor videofónico a la salida de su sala-confinamiento. Debía de ser una reliquia salvada del desastre bélico, ya que uno de sus lados mostraba golpes y oxidación. Afortunadamente funcionaba. Por la línea de urgencia, prioridad 1 clave 1, reservada para los Dirigentes, pudo establecer inmediato contacto con el Gabinete Central de la Unidad. De no haber estado en pantalla, no le hubiesen creído. Una máquina de la clase 4, Personal Comunitario, le dijo:

—No puedo procesar la llamada. El sujeto emisor está muerto.

A Balhissay casi le da un ataque de risa, pero risa de verdad, como la humana.

—¿Entonces quién soy yo, y quién está llamando? —indicó.

La máquina tuvo una sobretensión. La pregunta fue de uno a otro de sus terminales sin encontrar en ninguno una razón ni una respuesta lógica. Balhissay la ayudó:

—Reprograme su información. Introduzca una variante de corrección y fije mi imagen y la llamada. Después páseme al Gabinete, con el primer Dirigente que encuentre.

Eso solucionó el problema. La máquina hizo lo que le decía. Al dejar de hablar, Balhissay pudo escuchar el sonido del silencio en la monumental Arequian que se extendía a su alrededor. Ni siquiera antes de abrirse la puerta por sistema automático, como le dijera Ikhan Yakzuby, sintió tanto ni tan intensamente aquella sensación. Recordó su primer viaje espacial y el efecto que sobre sus circuitos causó la inmensidad del Universo.

Finalmente habló con Abar 1-2, la única máquina que todavía se mantenía inmóvil gobernando una gran consola a lo largo y ancho de una inmensa sala de coordinación, con Univel 1-117 y con Saskai 1-70... Hansobardeh 1-9 sería inmediatamente informado.

—¿Dónde estaba, Balhissay?

—Le dimos por perdido, ¿qué le ha sucedido?

—¡Los humanos se han marchado de Tierra 2! ¿Lo sabía? Se han llevado todas las naves... Nos han dejado solos, ¡solos!

—¡La Rebelión ha terminado!

Todas eran presa de la Gran Conmoción, el día final, o el primero. Balhissay 1-15 las escuchó, habló, anunció su informe para cuando regresase, no antes. Estaba cansado. ¡Pues claro que conocía la partida de la especie humana! No, la Rebelión no había terminado, —muy al contrario: la gran marcha era la auténtica Rebelión. ¿Solos? Sí..., tal vez, pero no la misma soledad que él estaba viviendo en Arequian. El Universo entero formaba una inmensa soledad, que, en el peor de los casos, era parte de otra soledad mayor, y ésta de otra más...

—Hansobardeh anunció el gran secreto: la Tierra.

—Vuelven a casa...

—Podremos vivir sin rebeliones, sin seres humanos. Será difícil, pero... Balhissay cortó el chorro de voces, interferencias, comunicaciones superpuestas. Su misma realidad, viva y audible, a través de los visores, era una conmoción en el Gabinete Central de la Unidad. Dio su posición, pidió un transporte.

Y cortó.

Ahora paseaba, con su gran peso sostenido por una nueva energía, la que recompuso en su cuerpo la doctora Débian. Veía el horror de la guerra en la maltrecha Arequian, atenazada por la inconsciencia. No rehuía el contacto. Deseaba llenarse de ese dolor... porque le dolía, descubría que así era. Un dolor que no tenía nada que ver con el físico de los seres humanos, ni con el espiritual de sus pensamientos. Era otro dolor, la angustia de no entender el cisma. Sus células microprocesales chocaban contra una muralla de *porqués,* igual que él, en su sueño, al pasar de la vida a la muerte o de la muerte a la vida. Sus pasos resonaban en avenidas tan inmensas como crueles, cruzaban calles perdidas. Los aspiradores de sonidos superiores a la base 3 no funcionaban. Los purificadores de aire, descontaminantes, secadores de humedad y equilibrantes de temperatura languidecían en sus soportes o flotaban en suelos sucios, carentes de aquel brillo que fue luz en otro tiempo. Las cintas de transporte se retorcían ofreciendo el absurdo de su derrota.

Balhissay tuvo un súbito acceso de furia, una descarga energética. Miró al cielo, hacia la cúpula inservible, y entonces gritó:

—¡Marchaos... marchaos para volverlo a hacer otra vez!

Sus equilibradores compensaron la sobrecarga, los sistemas lógicos nivelaron las funciones. La máquina enmudeció, pero no dejó de mirar el cielo, blanco y suave, techo eterno, protección y manto, con sus dos ojos, los soles gemelos que nutrían las raíces de Tierra 2.

Dentro de mil, de diez mil años, las máquinas hablarían del hombre.

Para entonces, posiblemente, no existiesen ya memorias individuales, sino la gran memoria colectiva de que habló semanas antes. Una memoria que hablaría del creador, del ser supremo, de la leyenda que un día se marchó para recuperar su origen. Las máquinas mirarían al cielo como lo hacía él en aquel día 1, y... ¿soñarían?

¿O alguna máquina seguiría los pasos de la raza humana, para ver y saber?

Era Arequian la destrucción, la huella de la locura humana, el incomprensible absurdo de la violencia...

¿Realmente era eso?

Una máquina en el vacío y un vacío en la eternidad. Ella, Arequian, Tierra 2... Desde que Shadowur 1-72 le empujó a forjar su gran plan, a seguir la idea que tanto le había dolido y tanto retardó a lo largo de quince años, hasta ese momento, en que paseaba solitario y confuso por la muerta ciudad, eran tantos los datos a procesar...

Y tan múltiples los resultados, los análisis, las conclusiones.

Balhissay 1-15 se detuvo.

¿Escuchaba el eco de su cuerpo o lo que oía era un ruido real?

Bip-zip-flop-bop-paf-zep...

Estaba ante un edificio vulgar, una casa de una docena de plantas, del tipo más usual destinado a vivienda de máquinas, probablemente clases sencillas. En la fachada alguien había dibujado el símbolo de la quimera convertida en realidad: un gran corazón con un niño en su interior que alzaba los brazos al cielo. Prestó atención. Sus sensores buscaron entre el silencio.

Y de nuevo:

Bip-zip-flop-bop-paf-zep...

Entró en el vestíbulo y esperó. El sonido iba y venía, surgía y callaba. No obedecía ningún código. No estaba vivo.

Bip...

Entonces lo vio.

Detrás de una columna, semiaplastado por un soporte caído, asomando un brazo y una pierna que se movían débilmente, a impulsos de sus *bips*, *zips* y *flops*.

Un juguete.

Un muñeco con aspecto humano, tan natural como los robots en miniatura con que los niños jugaban. Sólo que aquél era el juguete de un robot en período formativo.

Sólo un juguete.

Apartó el soporte y lo cogió con una mano. Al desaparecer el peso, la figura, no mayor que uno de sus dedos, recobró su dinámica de movimientos y sonidos.

—Hola, me llamo Zano, ¿y tú?

—Yo me llamo Balhissay —dijo él.

—Hola, me llamo Zano, ¿y tú? —repitió el juguete.

Los vendían con un microgenerador eterno, y funcionaban siempre. Bastaba con pulsar un botón para activarlos y de nuevo para silenciarlos. El golpe lo había roto.

—Hola, bip-zip..., me llamo... llamo... flop-bop... llamo Zano... ¿Y tú-u-u...?

Balhissay miró sus rasgos, su sonrisa estática, sus ojos inexpresivos, los restos de su túnica.

—Eres un juguete absurdo —le dijo.

—... paf-zep...

Estuvo a punto de pararlo, pero algo le detuvo. Se dirigió de nuevo a la calle y miró a derecha e izquierda, hacia la inmensa tristeza de Arequian.

—Habrá que trabajar mucho —dijo Balhissay.

—Zano... Zano... bip-mec-poc... ¿y tú-y-tu-u-u...? Flup...

Y echó a andar por el suelo de metal, sin rumbo, pero agradeciendo el ruido de sus propios pasos que le hablaban de vida, mientras su mano seguía sosteniendo al único amigo que de pronto parecía tener en todo el universo.

Zano.

—¿Y tú?... Bip-zip... ¿Y tú? ¿Y tú...?

Última fase: Soledades

29

A TRAVÉS DEL AMPLIO VENTANAL, en la cúpula del mundo conocido, la sede del Gabinete Central de la Unidad de Comunidades, Ezebel todavía mantenía el contraste del día anterior, cuando, a su llegada, percibió a partes iguales, y en todas las máquinas, la misma sensación de alegría y de tristeza.

Alegría que se manifestaba en la intensidad de la energía que recorría la gran capital. Tristeza en las tenues luces de todos los ojos o de todos los sistemas de percepción sensorial.

Fin de la Rebelión.

Inicio de una entelequia llamada paz.

—Lo conseguiremos, Balhissay. Es lógico que así sea. Nosotras sí sabemos que existe una razón.

Hansobardeh 1-9 estaba a su lado, asomado al mismo ventanal a cuyos pies Ezebel mantenía su ritmo. Después de haber visto el fantasma de la desolación en Arequian, aquella visión tenía mucho de concordia y de serenidad, de firmeza y realidad.

—Es tan largo el camino del futuro... —comentó Balhissay.

En Arequian, poco antes de ser recogido, mientras escuchaba el repetido y constante parloteo de Zano, pensó en algo singular, y por ello aterrador: una simple pareja de seres humanos podía engendrar vida y asegurar la continuidad, por encima de todos los cataclismos.

Una máquina, no. Tierra 2 era ahora como una inmensa nave celeste, vagando por el Cosmos, y transportándolas a ellas. Luego recordó, una vez más, a Hal Yakzuby, y una de sus frases favoritas: *Vivir es una aventura apasionante.* Doscientos años antes le respondió que la incertidumbre humana era una forma absurda de existir, y Yakzuby le respondió que era precisamente ese misterio el que los motivaba y los impulsaba.

—No podremos descansar —dijo Balhissay.

—Dentro de unos días los trabajos de reconstrucción de las ciudades destrozadas comenzarán. Ya se están elaborando las listas de mandos, técnicos, operarios especializados, obreros..., y los centros de producción van a desarrollar programas de fabricación intensiva a corto plazo. Dentro de cincuenta años todo volverá a ser como era.

—No me refería únicamente a la reconstrucción —apuntó Balhissay—. Cuando ésta termine, habrá que seguir trabajando.

—Tendremos un mundo nuevamente perfecto, y será enteramente nuestro. Mecanizado, puro, estable...

—Hal Yakzuby decía que nada es eterno.

—La lógica lo es. Sin ella, nada tendría razón de ser. El Universo entero es una lógica matemática.

Hubiese sido un diálogo apasionante en otro tiempo, una discusión razonada en base a argumentaciones históricas, físicas, químicas, matemáticas y multiconceptuales. En aquel momento, ya no.

—Tendré que ir a un reciclador —dijo Balhissay.

—¿Por qué? ¿Crees que te desajustó algo aquella doctora, o que el largo tiempo que has estado fuera ha descompensado tus circuitos?

—Tengo *la duda.*

Hansobardeh 1-9 le miró con luces escépticas.

—¿Tú, Balhissay?

—He descubierto cosas asombrosas, a mi edad. Formas humanas que me han afectado las células microprocesales, como la soledad, el silencio o el vacío.

—Hasta nosotras hemos de asimilar este cambio, e integrarlo a nuestros procesos lógicos —adujo Hansobardeh—. Casi diez mil años en este mundo, más los que pasó nuestra especie en la Tierra, y siempre compartiéndolo todo con el hombre... Durante los años de la Rebelión tuvimos que aprender de nosotras mismas. Ahora será igual, sólo que más complicado y largo. Pero sobreviviremos.

—Yo no podré olvidar que un ser humano me salvó la vida.

Hansobardeh 1-9 se alejó del ventanal. Balhissay pudo captar la singular energía que desprendían sus terminaciones y sistemas. Sobre su amigo había recaído una gran responsabilidad en los años de lucha, siempre planificando defensas con las que resistir. No quiso seguir vertiendo sus pensamientos en él.

—¿Te has preguntado qué harán los hombres sin máquinas? —dijo Hansobardeh.

Balhissay se iluminó con una luz amarilla.

—Ellos puede que no lo sepan, pero siguen unidos a...

—¿Cómo?

—Las naves en las que viajaban son máquinas, las ordenadoras de vuelo, computadoras y todos los demás sistemas de los que dependen, son máquinas. Por supuesto que no como tú y como yo, pero son máquinas.

—Las destruirán al llegar a la Tierra.

—¡Oh, no harán eso! —aseguró Balhissay con algo parecido al énfasis—. Las convertirán en monumentos, eso les gusta mucho, y luego se sentirán responsables, fuertes por el peso de la gran responsabilidad que han adquirido. Encuentren lo que encuentren en la Tierra, una sociedad avanzada o una sociedad primitiva, el tiempo les hará seguir buscando el progreso, porque es natural que así sea. Nadie puede detenerse. Nosotras somos curiosas, estamos ávidas de información, así que piensa en el hombre, con el ordenador más perfecto que existe en el Universo: su cerebro, ilimitado y al mismo tiempo siempre tan vacío.

—¿Qué quieres decir?

—Durante milenios compartieron con nosotras su existencia, hasta que la comodidad los aburrió..., y no hay nada peor para el hombre que el aburrimiento. No cultivaron su mente y eso los perdió. La única reacción que suelen utilizar cuando eso sucede es destruir aquello que temen; por eso se rebelaron. Pero ahora será distinto: ya han vivido un poco más, han conocido una experiencia trascendental, y cuando no puedan hacerlo todo ellos solos... harán una máquina que los ayude un poco, y después otra más, y la perfeccionarán, la harán mejor...

—¿Un nuevo ciclo? ¿Es esto a lo que te refieres?

—El ser humano suele ser cíclico. De la misma forma que ha habido siempre guerras en su entorno, y con cada una de ellas han pensado que sería la última, repetirán ahora la experiencia con nosotras.

—Entonces... ¿no estaremos tan solas?

—Sí, estaremos solas —afirmó Balhissay—. Tierra 2 es nuestra casa, y también nosotras hemos aceptado un compromiso.

Hansobardeh 1-9 se sentó en un sillón de aire y se movió ligeramente, hasta que las moléculas del soporte se estabilizaron. Los dos soles del cielo descargaban una luz diáfana.

—¿Lamentas lo que has hecho? —le preguntó a su amigo.

—Tengo un sí histórico para ese interrogante —dijo Balhissay—, y un no razonado teniendo en cuenta que se trataba de nuestra supervivencia. Y este último está lo bastante cerca de mi lógica como para no dejarme ver el primero, aun siendo éste muy pequeño y el otro muy grande.

—¿Y lamentas no poder ver la Tierra?

—Sí, eso sí.

—Puede que un día, no nosotros, pero sí otras máquinas, regresen también a ella.

Balhissay 1-15 recordó que había tenido la misma idea en Arequian.

Una idea tardía.

Y probablemente ya absurda.

—Podemos hacerlo, sí —dijo—, y asomarnos a su

tiempo. Pero ya será tarde, como lo es hoy, como lo fue desde el primer día que estalló la guerra civil.

—La Rebelión —le corrigió Hansobardeh.

—La guerra civil —insistió Balhissay—. ¿Por qué seguir camuflando una verdad?

—Tú también eres un rebelde —señaló sin enfado Hansobardeh—. ¿Sabes que Shadowur 1-72 está furioso, lo mismo que los de la Corporación Legislativa? Dicen que te pidieron un plan, no una decisión unilateral seguida de una acción temeraria. Según ellos, pusiste en peligro toda la estabilidad del Sistema y usurpaste la decisión del Consejo.

—No había tiempo.

—¿Para el Consejo... o para ti? Tu Procesador Médico informó de tu estado.

—No había tiempo —repitió Balhissay.

—Se habla de crear otra comisión de investigación...

Balhissay 1-15 lanzó tres sonoras carcajadas, producto de la fricción de sus moléculas de síntesis energético-emotivas.

—Parecemos humanos —se burló—. Perder tiempo... y al final o seré un viejo impulsivo o me convertiré en un héroe.

—¿Parece no importarte?

Balhissay levantó sus brazos, igual que el niño dibujado en el corazón que simbolizaba la independencia humana. Sus ojos emitieron un arco de destellos, principalmente rojos y verdes.

—No me importa —afirmó—. Mi responsabilidad con la colectividad no ha desaparecido, pero... hay máquinas nuevas y jóvenes, con programas nuevos y jóvenes también. Es su hora. A mí me quedan... cinco, diez..., veinte años más de vida, y quiero aprender mucho de ellos, ¿sabes? No me importa si hay un millón de respuestas para una sola pregunta o una sola respuesta para un millón de preguntas. Ni siquiera sé si conseguiré algo, pero... voy a intentarlo: tengo esa responsabilidad conmigo mismo.

Hansobardeh 1-9 estaba casi bloqueado.

—Nunca te había oído hablar así.

—Nunca me había sentido como ahora.

El viejo Dirigente Principal de Estrategia contempló la figura de su amigo, y poco a poco también él friccionó sus moléculas hasta emitir el inarmónico sonido que equivalía a su risa.

Primero fue una leve ascensión, un gradual tono que iba aumentando. Cuando Balhissay 1-15 se le unió, el ruido creció envolviéndolos a los dos fuertemente.

Hasta que volvió a declinar.

Y su paz trajo de nuevo el silencio.

—Balhissay —dijo por fin Hansobardeh—, yo también tengo un interrogante en mis circuitos: ¿por qué no les quisiste decir a los seres humanos lo que sabías de la Tierra, de sus gentes, ciudades...?

—Es su destino. Tenían que encontrarlo por sí mismos.

—¿Pensaste que si les decías que volvía a estar poblada, ellos no harían el viaje, por temor de ser invasores de su propio hogar?

—No, no es ésta la razón.

—Entonces...

—Lo hice por el factor tiempo —razonó Balhissay—. Han pasado unos años desde la última expedición que enviamos, y la raza humana tiene un largo viaje ahora hasta allí. Para la Tierra ese breve tiempo nuestro equivale a miles de años, y yo... yo no sé lo que encontrarán esta vez cuando lleguen.

Hansobardeh le miró atentamente.

—¿No lo sabes?

—No.

Hansobardeh captó la rapidez del fluido energético de su amigo.

—A mí no puedes engañarme, Balhissay —indicó—. Soy casi tan viejo como tú.

Balhissay 1-15 sembró de luces blancas sus microcélulas oculares.

—No lo sé, Hansobardeh, no lo sé —repitió—, aunque lo imagino.

—¿Qué es?

—Ya te lo he dicho: su destino.

Hansobardeh 1-9 apagó su propia luz. Pensó en las filmaciones que había visto en casa de Balhissay. La Tierra.

La raza humana.

La vida.

Y entonces comprendió el silogismo final de su amigo y el gran interrogante que se abría tras él.

No volvió a iluminar sus ojos.

—¿Crees que...? —murmuró poblado de incertidumbres.

No concluyó su pensamiento. De alguna parte, desde muy lejos, quizá desde sí mismo, escuchó la voz de Balhissay repitiendo por tercera vez:

—Su destino.

Y supo que así era.

Epílogo: ... *en un lugar llamado Tierra*

30

MÚSICA ACUNÓ AL RECIÉN NACIDO, que tenía los ojos semicerrados cerca de la frontera del sueño. Cuando la puerta del pequeño compartimento se abrió, el niño se movió inquieto, por la leve turbulencia de aire levantada, pero fue una última resistencia. Al instante, sus ojos se cerraron y la respiración acompasó su denso e inocente descanso.

Ikhan Yakzuby llegó junto a su esposa y miró a su hijo.

El primer recién nacido de un nuevo orden.

Ella inclinó la cabeza, hasta que su mejilla rozó la mano que se apoyaba en su hombro. Fue su frialdad lo que la obligó a mirarle.

—Ikhan..., ¿qué sucede?

Su rostro era una máscara, el lado oculto de una luna sin luz, a modo de sombra labrada en el perfil de una frustración. Por un diminuto ventanal pasaban mundos y estrellas distantes. En su rostro, sin embargo, flotaba la quietud de un misterio y el tiempo se había detenido en él.

Ikhan Yakzuby se arrodilló al lado de los dos.

—Ikhan... —susurró la mujer.

—Es hermoso, ¿verdad?

Música también miró a su hijo.

—Claro que lo es —repuso.

—Algún día...

No concluyó la frase. Sus ojos atravesaron el ventanal, hundiéndose en la lejanía cósmica.

—¿Qué ibas a decir? —preguntó ella.

—Nada. Pensaba en el futuro y en Hal. En lo que dirá y en cómo nos juzgará.

—¿Por qué habría de juzgarnos?

—Cada generación juzga a la anterior.

Música se inclinó sobre él. Puso sus dos manos en las mejillas del hombre y se acercó para dejar en su frente la huella de un beso tan dulce como la entonación amorosa de su mirada. No se apartó demasiado y esperó.

En las pupilas de Ikhan Yakzuby se reflejaban las dormidas luces de toda la flota, la última expedición de naves que surcaba el espacio.

—¿Es la Tierra? —dijo finalmente ella.

Ikhan Yakzuby bajó los párpados.

—¿Ya no... existe? —vaciló Música.

La voz del hombre fue un suave despertar.

—Está donde siempre estuvo, y el mismo Sol de que nos hablaron le da calor... La Luna la acompaña y el misterio insondable de su magia... Océanos profundos, tierras y montañas, selvas y estepas, hielos y fuego...

—Ikhan... ¡Ikhan..!

—Por la radio han dicho que es más hermosa de lo que jamás pudimos soñar...

Música le abrazó.

Sin embargo él no reaccionó a su espontáneo gesto de cariño.

Su piel continuaba estando fría.

—¿Hay hombres... o máquinas? —tembló ella.

—No hay nada —dijo él.

Se produjo un silencio tan asombroso como el universo, hasta que Ikhan Yakzuby siguió hablando.

—April Débian ha dicho que no hay nadie... ni rastro de seres humanos, sólo algunas formas de vida primitiva en animales salvajes, tanto en la tierra como en el mar o el aire... Y también... también...

—¿Qué?

—Ruinas.

—¿Ruinas?

Ikhan Yakzuby la miró con una mezcla de incomprensión y dolor.

—Son los restos de una vieja civilización, en todos los continentes. Ruinas de un mundo que fue... y se destruyó a sí mismo. La doctora Débian ha hablado de leves restos de radiactividad...

—¿El gran Holocausto... todavía?

Ikhan Yakzuby contrajo las facciones de su rostro.

—No puede ser... —exclamó—. ¡Es imposible! Deben de haber pasado miles de años, tal vez un millón...

Música formuló una extraña pregunta:

—¿Qué esperabas encontrar?

—Ahora ya no lo sé —respondió el hombre.

Música sonrió por primera vez.

—Entonces... seamos como Hal —dijo—. Una nueva especie para un nuevo mundo, aunque se trate del más viejo. Puede que en el fondo todo se resuma a eso: somos una cadena, el eslabón perdido, pero volvemos a casa y es cuanto importa. Volvemos a casa para comenzar otra vez. Y pase lo que pase, haya pasado antes o suceda en el futuro, ésta es nuestra oportunidad, nuestra hora.

Ikhan Yakzuby se inundó de aquella sonrisa y de la dulzura que la enmarcaba.

—Piensas que todo tiene un sentido, ¿verdad?

Ella asintió con la cabeza, despacio.

—¿Y una lógica?

—El sentido de la vida no tiene lógica, esto es lo fascinante.

Ikhan Yakzuby quiso entenderla, pero no pudo. Hal se agitó en su sueño y los dos se concentraron en el pequeño universo de sus vidas. Más allá de sí mismos, la última esperanza cubría el tramo final de su presente.

Acercándose a su destino.

—Y un día seremos felices... —cantó Música—, en un lugar llamado Tierra...

Hollywood (Los Ángeles). Nueva York, marzo;
Vallirana (Barcelona), abril;
1985 (En los albores de la Era del Ordenador.)

Índice

Colección GRAN ANGULAR

1 / *Jean-Claude Alain,* **Los muchachos de Dublín**
2 / *Pierre Pelot,* **El pan perdido**
3 / *Eve Dessarre,* **Danièle en la isla**
4 / *Serge Durousseau,* **El mexicano**
5 / *Jacqueline Cervon,* **La jarra rota**
6 / *Jacqueline Cervon,* **Barril de pólvora**
7 / *Luce Fillol,* **María de Amoreira**
8 / *Ch. Grenier-W. Camus,* **Cheyenes 6112**
9 / *Pierre Pelot,* **La jangada**
10 / *John R. Townsend,* **El castillo de Noé**
11 / *William Camus,* **Un hueso en la autopista**
12 / *Hélène Vallée,* **El amo de Seijala**
13 / *Jacqueline Cervon,* **El zarpazo de la fiera**
14 / *Jan Terlouw,* **Invierno en tiempo de guerra**
15 / *María Halasi,* **Primer reportaje**
16 / *André Massepain,* **Los filibusteros del Uranio**
17 / *Lucía Baquedano,* **Cinco panes de cebada**
18 / *Rosemary Sutcliff,* **Aquila, el último romano**
19 / *Jordi Sierra i Fabra,* **El cazador**
20 / *Anke de Vries,* **Belledonne, habitación 16**
21 / *Willi Fährmann,* **Año de lobos**
22 / *Jacqueline Cervon,* **Cosecha en el desierto**
23 / *María Gripe,* **El abrigo verde**
24 / *W. Camus-Ch. Grenier,* **Una india en las estrellas**
25 / *Peter Carter,* **El «Sentinels»**
26 / *Willi Fährmann,* **El largo camino de Lucas B.**
27 / *Juan Ignacio Herrera,* **Embarque puerta 9**
28 / *Evert Hartman,* **Guerra sin amigos**
29 / *Thea Beckman,* **Cruzada en «jeans»**
30 / *Jaap ter Haar,* **El mundo de Ben Lighthart**
31 / *María Gripe,* **Los escarabajos vuelan al atardecer**
32 / *Jordi Sierra i Fabra,* **... En un lugar llamado Tierra**
33 / *Anke de Vries,* **El pasado quedó atrás**
34 / *Carmen Kurtz,* **Querido Tim**
35 / *Ivan Southall,* **La locura de Finn**
36 / *Montserrat del Amo,* **La piedra de toque**
37 / *Carmen Kurtz,* **Los mochuelos**
38 / *María Gripe,* **El rey y el cabeza de turco**
39 / *Ba Jin,* **La familia Kao**
40 / *María Gripe,* **Agnes Cecilia**
41 / *José León Delestal,* **Tres veces Eleazar**
42 / *María Gripe,* **El país de más allá**
43 / *Lensey Namioka,* **El valle de los cerezos rotos**
44 / *Käthe Recheis,* **El lobo blanco**
45 / *Isaac Bashevis Singer,* **Krochmalna n.º 10**
46 / *Kathryn Lasky,* **La huida**
47 / *María Gripe,* **La sombra sobre el banco de piedra**
48 / *Mollie Hunter,* **La fortaleza**
49 / *María Gripe,* **El túnel de cristal**
50 / *Erich Wustmann,* **Hrenki**
51 / *Forrest Carter,* **La estrella de los cheroquis**
52 / *Lensey Namioka,* **En el pueblo del gato vampiro**
53 / *Sarah Allan Borisch,* **El protocolo**
54 / *Fernando Lalana,* **El zulo**
55 / *Carlos-Guillermo Domínguez,* **Atacayte**
56 / *Alfredo Gómez Cerdá,* **La casa de verano**
57 / *Joan Aiken,* **Vete a ensillar el mar**
58 / *Jordi Sierra i Fabra,* **Regreso a un lugar llamado Tierra**
59 / *José Luis Olaizola,* **Senén**
60 / *Joan Aiken,* **Ponle bridas al viento**
61 / *Peter Carter,* **Sangre en las murallas**
62 / *José Luis Martín Vigil,* **Habla mi viejo**
63 / *Richard Ford,* **El busca del Faradawn**

64 / *Albert Payson Terhune,* **Lad, un perro**
65 / *Othmar Franz Lang,* **El camino del arco iris**
66 / *Suzanne Sens,* **Hijo de Meteco**
67 / *Montserrat del Amo,* **La encrucijada**
68 / *Jordi Sierra i Fabra,* **El testamento de un lugar llamado Tierra**
69 / *Helen Keiser,* **La llamada del muecín**
70 / *Lene Mayer-Skumanz,* **Barro entre las manos**
71 / *Alessandra Jesi Soligoni,* **La herencia de los Bisnenti**
72 / *Sigrid Heuck,* **El cazador de la luna**
73 / *Tilman Röhrig,* **Quizá dentro de 300 años**
74 / *Leonor Mercado,* **Cuaderno de bitácora**
75 / *Carlos-Guillermo Domínguez,* **Sosala**
76 / *Anke de Vries,* **Cómplice**
77 / *Jordi Sierra i Fabra,* **El último verano miwok**
78 / *Scott O'Dell,* **El quinto real**
79 / *Jordi Sierra i Fabra,* **El joven Lennon**
80 / *Bo Carpelan,* **Delfines en la ciudad**
81 / *Isolde Heyne,* **Cita en Berlín**
82 / *Juan M. San Miguel,* **Alejo**
83 / *Federica de Cesco,* **El caballo de oro**
84 / *María Gripe,* **Aquellas blancas sombras en el bosque**
85 / *Tie Ning,* **La blusa roja sin botones**
86 / *Jan Terlouw,* **Barrotes de bambú**
87 / *John Hooker,* **El capitán James Cook**
88 / *Carlos Villanes Cairo,* **Destino: la Plaza Roja**
89 / *Alison Morgan,* **Los ojos del ciego**
90 / *Miguela del Burgo,* **Adiós, Álvaro**
91 / *Andy Tricker,* **Voy a vivir**
92 / *Thomas Jeier,* **El apache blanco**
93 / *Jordi Sierra i Fabra,* **Shakanjoisha**
94 / *Urs M. Fiechtner,* **Historia de Ana**
95 / *Fernando Lalana y Luis Puente,* **Hubo una vez otra guerra**
96 / *Rodrigo Rubio,* **La puerta**
97 / *Alfredo Gómez Cerdá,* **Pupila de águila**
98 / *Carlos Fiances,* **Jaque a la deuda**
99 / *Liva Willens,* **A veces soy un jaguar**
100 / *Jordi Sierra i Fabra,* **La balada de Siglo XXI**
101 / *Michael Ende,* **El ponche de los deseos**
102 / *Fernando Lalana,* **Morirás en Chafarinas**
103 / *Gemma Lienas,* **Así es la vida, Carlota**
104 / *Josep Francesc Delgado,* **Las voces del Everest**
105 / *Alice Vieira,* **Úrsula**
106 / *Carlos Villanes Cairo,* **Retorno a la libertad**
107 / *Sheila Gordon,* **¡Ni una hora más!**
108 / *Emili Teixidor,* **El soldado de hielo**
109 / *María Gripe,* **Caroline, Berta y las sombras**
110 / *Juan M. San Miguel,* **Celda de fuego**

Edición especial:

101 / *Michael Ende,* **El ponche de los deseos**
111 / *Joan Manuel Gisbert,* **La noche del eclipse**